이 책을
존경과 감사와 사랑을 담아

님께

드립니다.

7일간의
병원 입원생활기,
그리고 그녀

병원 입원생활을 못 해본 사람들을 위한 입문서

7일간의 병원 입원생활기,
그리고 그녀

초판 1쇄 인쇄일 2017년 8월 16일
초판 1쇄 발행일 2017년 8월 25일

지은이 배정수
펴낸이 양옥매
디자인 남다희
교　정 조준경

펴낸곳 도서출판 책과나무
출판등록 제2012-000376
주소 서울특별시 마포구 방울내로 79 이노빌딩 302호
대표전화 02.372.1537　**팩스** 02.372.1538
이메일 booknamu2007@naver.com
홈페이지 www.booknamu.com
ISBN 979-11-5776-453-2(03810)

이 도서의 국립중앙도서관 출판시도서목록(CIP)은 서지정보유통지원 시스템
홈페이지(http://seoji.nl.go.kr)와 국가자료공동목록시스템
(http://www.nl.go.kr/kolisnet)에서 이용하실 수 있습니다.
(CIP제어번호 : CIP2017017178)

병원 입원생활을
못 해본 사람들을 위한
입문서

7일간의 병원 입원생활기, 그리고 그녀

배정수 지음

정년 이후의 전원생활 이야기!

76 평생 동안 처음 겪은 병원 입원생활과
건강한 노년을 위한 이야기!
그리고 평생 그의 추억 속에 있는
진솔한 여인들의 이야기

대부분의 모든 병은 병이 우리를 찾아온 것이 아니라 우리들 자신이 병을 불러들인 것이다.

우리는 먹을 것과 입을 것이 풍부해지고 사는 것이 편리해졌지만 남들보다 더 잘 살겠다고 끊임없는 경쟁을 한다. 그러는 가운데 과로와 피로의 연속 속에서 몸을 혹사시켜 병을 불러들이게 된다. 인간의 욕심은 죽어야 채울 수 있다고 하지 않던가! 만족과 기쁨은 욕심을 채워서 얻는 것이 아니라 오히려 자기를 비움으로써 얻을 수 있다고 하지 않던가. 건강은 자기를 비움에 있다는 것을 먼저 알아야 할 것이다.

현대인은 건강보다는 맛과 감각에만 길들여져, 소식해야 건강해진다는 것을 알면서도 절제하지 못하고, 몸에 해로운 줄 알면서도 담배를 피워대며, 과도한 음주 등으로 병을 불러들인다.

오래 사는 동물은 자기 위의 70%에서 만족을 하고, 이것을 먹어야 할지 말아야 할지를 가린다고 하지 않는가! 이뿐만이 아니다. 자기 건강을 생각하기보다는 멋을 내려고 꽉 조이는 옷을 입고, 뽀얀 얼굴을 남에게 보이려고 햇빛을 멀리 하는 타인 지향성의 모습이 병을 불러들인다.

또한 편리한 것만 찾는 몸의 습성으로 걷기 싫어하고 움직이기를 싫어함이 병을 불러들인다. 나 역시 식사 후 곧장 자리에 눕는 습관으로 얻은 식도염, 위염으로 병원 입원까지 하는 지경에 이른 것이다.

병은 좋은 것은 아니지만 입원하는 지경까지 이르렀을 때는, 후회하기보다는 휴식을 통하여 자기를 성찰하려는 지혜가 필요하다. 건강이 재물보다 명예보다 소중함을 깨닫게 되고, 타인의 아픔을 긍휼히 여기게 된다. 또한 타산지석으로 삼아 교훈을 얻게 되며, 나를 사랑하고 위로해주는 사람들의 고마움과 친절을 알게 된다. 나아가 한 단계 성숙한 사람이 되어 하나님과 사람에 대한 감사와 고마움으로 이 책을 펴내는 데까지 이른 것이다.
책을 출간하기까지 용기를 준 아내와 PC 활용능력이 부족한 나를 도와, 바쁜 시간 중에도 책을 출간할 수 있도록 도와준 딸에게 고마움과 감사를 전한다.

'남자는 자기를 인정해주는 사람을 위하여 목숨을 바치고'
'여자는 자기를 사랑해주는 사람을 위하여 일생을 바친다.'

2017년 4월의 봄, 강원도 산골에서
배 정 수

책의 차례

1부

**병원에
입원하기
까지**

2부

**병원
적응기**

2. 1월 21일 토요일, 입원 둘째 날

3부
**입원
생활기**

1. 1월 22일 일요일, 입원 셋째 날

2. 1월 23일 월요일, 입원 넷째 날

4부
병원에서 환우들과 추억속의 여인들

1. 1월 24일 화요일, 입원 다섯째 날

2. 1월 25일 수요일, 입원 여섯째 날

3. 1월 26일 목요일, 일곱째 날 이별과 퇴원의 날

산촌, 그 청년의 세월

강원도 홍천군 동면 신봉리 나의 제2의 고향
어릴 적 내 고향으로 돌아와 정자에 누웠다.
파아란 하늘 유유히 떠가는 저 구름은
자갈돌 하늘 시내 벌거숭이로 물장구치던
동무들 그리움으로 가득 찬다.

푸르디푸른 저 소나무 숲 산들바람 올 적에
묏등 잔디밭에 뒹굴던 철수의 모습이
순이의 공깃돌 손놀림이 아련히 떠오른다.

이름 모를 산새들의 지저귐 소리에
병아리 부리로 '방울새야' 함께 부르던 그 여선생님
옹기종기 종알대던 그 동무들 그립다.

누가 정년의 세월이 산촌의 생활이 무료하다던가.
파아란 하늘 유유히 흐르는 저 구름만 보아도
푸르디푸른 저 숲만 보아도
맑디맑은 공기만 마셔도
쏟아지는 반짝이는 햇빛의 어루만짐만 있어도
나는 즐겁다. 행복하다.
보금자리를 허락한 정년이 고맙다.
아내가 고맙다. 하나님께 감사하다.

1부

병원에
입원하기까지

1
입원 4일 전의 풍경

서울 아파트에서 홍천 전원주택까지

방학이면 홍천에 있는 전원주택을 찾아오는 손자, 손녀가 이번 겨울 방학에도 우리와 같이 가자고 여행 가방을 꾸려서 왔다. 반가운 마음으로 그들을 안아주었다.

우리는 2시 반경 집에서 출발하였다. 운전석 내 옆에는 중2 손자가, 뒷좌석에는 아내와 손녀가 동승하였다. 중간에 어떤 사고나 공사가 없으면 우리 아파트에서 전원주택까지 2시간 전후면 도착한다. 대략 160여km쯤 되는 것 같다.

모래내(남가좌동) 고가 도로 아래에서 좌회전하여 내부 순환도로로 진입하면, 그 다음부터는 신호등도 없을 뿐 아니라 앞차가 빨리 가면 빨리, 천천히 가면 천천히 줄줄 흘러가면 된다. 오른쪽 연희동 뒤 산은 봄이면 활짝 핀 산 벚꽃이 환하니 마음을 즐

원로 장로 추대패 증정식

겁게 하고, 여름이면 인공 폭포에서 쏟아지는 물줄기가 '뉴질랜드 밀 포드 사운드'에서 떨어지는 물줄기를 연상케 한다. 그곳을 지나면 1900여 미터의 '홍지문 터널'이, 그 다음 '정능터널'을 지나면 강변북로와 북부간선도로로 갈라진다. 북부간선도로로 올라와 죽 달려서 '구리시' 다음을 지나면 요사이 한창 건설 중인 '다산 신도시'. 이곳에는 하루를 몰라보게 아파트가 죽죽 들어서고 있다. 인간의 힘이 참 대단함을 실감한다.

신도시를 지나면 덕소 삼패 인터체인지가 있는데 그길로 들어서면 30분 정도 빠르다. 두어 번 경춘 고속도로 구경도 할 겸 지

방학 때 찾아온 손녀와 동면에 있는 천년 고찰 수타사 생태 숲 공원에서

나다닌 적은 있으나 구태여 6,700원의 요금을 내고 그 길로 갈
필요는 없다. 덕소 삼패 인터체인지를 지나면 송파구에 있는 아
파트 숲이 멀리 보이며 옆으로 한강이 시원스레 흐른다. 계속
강변을 옆에 끼고 달린다. 봄에는 벚꽃터널, 여름이면 느티나무
터널, 가을이면 단풍터널로 왕복하는 드라이브 길이 머리도 식
히고 일상을 벗어난 듯하여 즐겁다. 그러다 팔당 댐 옆을 지난
다. 이때 팔당 제1, 2, 3, 4 터널을 거쳐 봉안터널을 지난다. 강
위에 세워진 교각으로 지나갈 때 양쪽이 모두 강이라 드라이브
의 즐거움이 더한다. 아내는 속도를 줄이라 하지만 빠른 속도감

이 주는 즐거움을 버리기에는 아깝다. 이제 양평과 홍천으로 갈리게 되는데 홍천으로 가는 길은 더 한가롭다. 이 길에서 아내는 더욱 '줄여, 줄여.'를 계속한다.

　자기 합리화인지 몰라도 조잘거리던 손녀는 누구에게 들었는지 '차를 타면 자는 것이 돈 버는 것'이라고 말하더니 어느새 잠이 들고, 손자는 이어폰을 낀 채 스마트폰에 푹 빠져 있을 뿐 어디가 어디인지 알려고도 하지도 않는다. '용문터널'을 지나면 용문산 관광단지 j, c가 보인다. 그러다 과속 단속 장비가 있는 곳에 들어서면 속도를 줄이라는 아내의 성화가 더욱 심해진다.
　옛날엔 모두 이 길만을 다녔는데 경춘 고속도로가 뚫리면서 군데군데 잘 지어 놓은 휴게소들이 거의 문을 닫았다. '용두리'에는 '최연○' 권사님 시댁이 있다고 했는데, 권사님도 이곳에 와 살고 싶다는 말을 했었다. '하늘이 내린 살아 숨 쉬는 땅 강원도'란 표지석이 있는, 그 옆 '홍천휴게소'는 아예 바리게이트로 막혀있다. 그 주인은 얼마나 가슴이 아플까…….

　'어서 오십시오. 홍천군입니다'라는 글을 양 옆으로 하고 지나니 군인들이 훈련을 하는지 빨간 깃대를 들고 서있는 모습이 보인다. 탱크와 군용차의 이동이 있을 때는 도착이 느려지기도 한다. 결국은 좌도 우도 치우치지 않고 6번 국도를 따라 그 후 44번 국도를 따라가다 '연봉 교차로'에서 우회전 '인제', '구성포' 방

전원 주택 전경

향으로 3분 정도 지난다. 그러면 '양양', '서석'으로 가는 444번 지방도로 표지가 나오는데 우회전하면 '오룡터널'이 나온다. 수 타사, 동면농협, 동면보건지소, 동면사무소를 지나 3분쯤 달리 면 '청솔암' , '동봉사' '챌린저' 등의 표지가 있다. 여기서 좌회전 하면 고향에 온 듯한 길이 나온다.

'청솔암' 내려가는 길로 들어서 오른쪽으로 세 집을 지나 좌회 전하지 않고 시멘트 포장길로 직진하면 삼각 지붕 두 개가 나란 히 보이는 '언덕 위의 하얀 집'이 있다. 이곳이 내가 전원 생활하 는 곳이다. 도착하니 두 시간에서 10분이 초과되어 있었다.

족구장에서 목사님, 장로님들과

전원주택에 도착하다

아내는 손자 손녀가 추울세라 보일러를 50도로 올리고 난로를 얼른 피웠다. 손녀는 추운데도 암탉이 낳은 알을 자기가 수거하겠다고 닭장에 할머니와 같이 들어간다. 잠시 후 수거해 왔는데 보통 20~30개 걷히던 것이 날씨가 추워서인지 10여 개 정도만 가지고 나왔다.

전원주택에서의 생활

우리 내외는 10년 전부터 홍천에 있는 1200평 토지 중 200평의 대지에 40평 규모의 주택을 짓고, 300평 가량은 족구장 겸 배드민턴장으로, 10여 평은 양계장, 5평 정도는 양어장으로 만들었다. 나머지는 새벽 6시부터 일어나 밤 11시까지 농사를 즐기는 아내의 놀이터인 밭이다. 좌 우 뒤 산, 앞 평야로 된 전원이다. 서울에서 3일 즉 토, 일, 월을 보내는데, 토요일은 주로 청첩에 응하고, 일요일 즉 주일은 교회에서 예배드리며, 월요일은 예약해 놓은 검진을 받거나 친구를 만나는 날로 정하고, 그러지 않을 때는 헬스를 하며 보낸다. 나머지 4일은 전원에서, 숲 속 홍천 강변을 따라 수타사 '산소 길'을 하루 두 시간 정도 걷거나 뒷산을 등산한다. 그러다 닭, 개 등을 건사하기도 하고, 아내 밭일을 거드는 등 3도 4촌의 일상을 보내고 있다.

나의 건강 현황

내 76 평생 병원 입원이란 없었다. 퇴직 후 13년간 꾸준히 헬스를 하고 있고 일상생활에서도 늘 건강에 주의를 기울이는 편이다. 다만 맛있는 것에 식탐이 조금 있다고나 할까. 고혈압과 약간의 허리통증이 있을 뿐이고 2년에 걸쳐 하는 건강 검진에서 위와 대장 내시경 검사를 받으면 극미한 위염이 발견될 정도이다. 이것도 약으로 처치할 뿐 비교적 건강한 편이다.

2

입원 3일 전의 풍경

홍천강 꽁꽁축제

두 손자녀와 '홍천강 꽁꽁축제'도 즐길 겸 함께 갔다. 수요일 축제에서 손자가 낚시하기를 원했으나 얼음이 깨질 수 있기 때문에 정해놓은 적정 인원이 초과되어 입장할 수 없었다. 그래서 맨손 송어잡기에 참가하기로 하고 아내와 두 손자녀는 물에 들어가고 나는 관망석에 앉아 구경하였다. 행사는 장내 아나운서의 멘트로 시작됐다. 참가한 군인들이 손발 찬물에 담가 오래 견디기 등 볼거리를 제공한 후, 호루라기의 시작 신호와 함께 송어 맨손 잡기가 시작되었다.

두세 번 참가한 중2 손자는 목표량 두 마리를 금방 잡았고, 아내는 1학년 손녀에게 먼저 잡아 비닐 주머니에 넣지 않고 양손

꽁꽁축제장에서 낚시하는 손녀와 딸

위에 턱 올려주었다. 양손 위에 송어를 올린 손녀의 모습이 귀여워 폰으로 찍고 싶었으나 눈 깜빡할 새에 버둥거리던 큰 송어는 날 보란 듯이 물속으로 첨벙 떨어졌다. 아내는 두 마리를 잡아 비닐주머니에 넣고, 중2 손자는 여동생의 주머니에까지 두 마리를 채웠다. 우리는 잡아야 할 양을 달성한 후라 물속에서 나왔다. 그러고는 회 떠주는 따뜻한 하우스로 들어가 세 마리를 회로 뜨고 일반음식도 시켜 먹었다. 나는 아내에게 '송어가 떨어질 줄 알면서 왜 손녀의 비닐주머니에 먼저 넣지 않고 손에 올려주었느냐?'고 물었다. 그러니 아내는 고기를 잡지 못하는 손녀에게 손맛이라도 보라고 먼저 주었단다. 잡기보다 손녀를 사랑

고구마 심을 밭이랑

하는 아내의 그 마음에 찡한 감동을 느꼈다.

식사를 마친 후 전시장도 둘러보고, 얼음 썰매도 타보고 다트 던지기 등으로 하루를 보내며 내일은 8시 30분 전에 나가 낚시 하기로 하고 집으로 돌아왔다.

전원주택 현관에 있는 현판

常春常樂齊

常은   떳떳함이요 영원함이다
(히 3:18) 변함없음이요 한결같음이며
          상이신 주님과 동행함이니라

春은   새로움이요 젊음이다
(고후 5:17) 온유하고 사랑함이며
          해 뜨고 만물이 생성함이니라

樂은   기쁨이요 즐거움이다
(빌 4:4)   풍성이요 좋아함이며
          평안이요 화평이니라

齊는   생활이요 기도처이다
(막 11:17) 독서와 식사하는 공간이며
          영육을 강건케 하는 곳이니라

常이신 주님과 그대와 나는
春과 樂으로 여기에 齊함이러라

3
입원 전날의
풍경

병원에 입원한 동기

다음날 아내가 조금 일찍 일어나 아침을 준비하고 여러 번 낚시를 가자고 깨웠으나 손자녀는 일어나질 않았다. 아내와 나는 식사를 먼저 하였다. 나 역시 잠을 설치면서까지 새벽부터 즐기는 행사에는 거의 참여하지 않는 편이다. 잠 또한 그 얼마나 행복하고 즐거운가. 그래서 신학교를 졸업하고도 새벽기도가 귀찮은 나는 목사가 될 생각을 접었다.

손자녀는 9시가 지나서야 부스스 일어났다. 손자, 손녀가 식사를 다 마치기를 기다리는 동안 나는 손자가 먹다 남긴 과자도 먹고, 이명에 좋지 않다고 마시지 않던 커피도 소염효과가 있다는 뉴스를 보고는 한 잔 했다. 또 봉지에 든 가루율무 아몬드 차도 한 잔 하였다. 아침을 11시경 마친 손자녀에게 축제에 가자고

정자에 누워

하니 중2 손자는 낚시를 할 수 없어서인지 그냥 집에 있겠다고 하여, 우리 셋이서 축제장에 갔다.

손녀와 함께 어제 했던 다트 던지기를 하였다. 펭귄 인형을 받아든 손녀는 좋은지 싱긋 웃는다. 우리는 이어서 뜰채로 작은 물고기 옮기기, 퍼즐 맞추기, 산양삼 심기 체험 행사 등에 참여했다. 배가 출출한 것 같아 무엇을 먹을까 하다 김밥이 눈에 띄어 어묵 국물에 김밥을 먹었다. 먹는 내내 음식이 좀 차다는 느낌이 들었다. 아내와 손녀를 축제장에서 즐기게 하고, 나는 근처 한의원에 갔다. 한 시간 가량 이명 침을 맞고 다시 축제장으

러시아에 있는 세계 최대의 종, 울려 보지도 못하고 깨어졌다고 함

로 와보니 손녀의 손에는 풍선이, 아내의 손에는 한과 봉지가
들려있었다. 시계도 5시경에 가까워 승용차를 타러 가는 길에
호떡 파는 곳에서 한 개씩 컵에 담아 갖고 먹으며 우리는 15분
거리에 있는 집으로 돌아왔다. 집에 혼자 있던 손자에게 아내는
한과와 우유를 주고, 컴퓨터 책상에 앉아 e메일을 점검하던 나
에게도 한과 한 접시와 큰 잔에 담긴 우유 한 컵을 갖다 주었다.
우유의 양이 좀 많다고 느끼며 남길까 말까하다 넘겼다. 저녁
식사는 손자의 바람대로 송어구이였다. 송어구이를 맛있게 먹
고 나니 오늘 조금 넘치게 먹은 듯하였다. 10시 반경 나는 잠자
리에 들었다.

병원 입원 전날 새벽

금요일 새벽 3시경 변을 보는데 느낌이 묽은 변 같았고 4시 반
경 또 변을 보는데 설사 같은 느낌을 느끼며 돌아와 자리에 눕고,
밤에 눈이 소복이 내린 7시 경 또 변을 보는데 물같이 순간적으로
쏟아져 나온 후 비데를 하고 뒤를 닦고 이상하다 하여 변기를 들
여다보니 진한 짜장 컬러로 가득 차 있었다. 깜짝 놀랐다.

병의 징조들

요 3, 4주 전부터 명치 가까이 약간의 통증과 메스꺼움이 있

어 가끔 대변 색깔을 보면 진회색 비슷하고 비데 후 화장지에도 진회색 점이 보이곤 했다. 위염이 있나, 이상하다고 느끼면서도 차일피일 미루다 입원 전 주 금요일인 1월 13일 검진을 받기로 결심하고 늘 다니던 일산병원에 문의하였더니 월요일 예약은 이미 다 차있다고 했다. 그 다음 주 월요일에 전에 한번 진료받은 적 있는 서정○ 교수의 진료가 오후에 있다고 하여 4시로 예약하고 화요일 점심식사 후 홍천으로 출발했다.

일산병원에 가는 이유

나는 그전에는 세브란스 병원에 죽 다녔다. 세브란스에서 김대중 대통령의 폐렴 진료 상황에 대한 기자회견도 한 바 있는 유명한 '장남○'교수의 진료를 받으러 가곤 했다. 그런데 늘 예약 시간이고 뭐고 앉을 자리도 없어 힘들게 기다렸는데도 진료는 1분도 하지 않는 것 같았다. 또 세브란스는 집에서 출발하여 돌아오는 경우에도 차의 정체가 심하고 대형병원이라 절차도 아주 복잡하다.

그러나 일산병원은 제2자유로로 들어서면 드라이브하는 기분도 좋고 시간도 20~30분이면 된다. 게다가 중형급 병원이어서 인지 주차도 편리하며 진료실로 올라가 찾기도 쉽고 의사수준도 세브란스와 별 차이가 없다. 연대 의대 수련의도 수련을 받고 있고, 국민건강보험공단에서 운영하여 의료비도 믿을 수 있다.

인도 초등학생들과 함께

그래서 안과, 재활 의학과, 비뇨기과, 심혈관 내과, 소화기 내
과를 비롯해 지난 9월에 다닌 이비인후과 등 나는 이 병원을 나
의 건강검진 병원으로 정하고 접수의 불편을 덜 고자 은행 카드
까지 등록하여 이용하고 있다.

* 나처럼 검진 병원을 정하여 놓고 이상이 느껴질 때 즉시 검진을 받아 보길 권
  한다.

나의 삶의 철학

나는 편리성, 평안성, 단순성, 진실성을 추구하는 편이라 자녀들에게도 한번도 '공부 좀 해라'라고 말한 기억이 없다. 다만 아들이 고3때 밤늦게까지 드라마를 시청하여 딱 한번 혼낸 기억은 있다. 1등보다는 2, 3등을, 1등 대학보다 2등 대학, 제품도 둘째가는 것, 출세한 친구보다 평범한 친구를 좋아한다. 39년 교직생활에서 학생들에게 공부보다는 건강, 정직, 성실함을 교육철학으로 삼고 가르쳐 왔다.

그물버섯

2부

병원
적응기

1월 20일 금요일, 입원 첫째 날
1월 21일 토요일, 입원 둘째 날

1

1월 20일 금요일, 입원 첫째 날

입원한 날 아침

유리창으로 밤새 소복이 내린 눈에 반사된 변기에 가득한 진한 짜장 칼라에 놀란 나는 입원이라는 생각이 스쳐 스마트폰으로 그 변기의 현상을 담았다. 침착하게 샤워하고 면도한 후, 일상 늘 먹던 아스피린이 첨가된 혈압약, 하루 세 번 먹는 허리통증약, 혈관 순환에 좋다는 은행 추출물약, 잠자리에 들기 전 먹는 고지혈증 예방약, 소변 잘 나오게 하는 약 등 하루에 먹는 약을 지퍼팩에 담은 후 20분 거리에 있는 119에 전화를 걸었다. 아내는 먼저 일어나 오늘 서울로 돌아가는 언덕길이 어렵지 않도록 눈을 쓸고 있는지 없었다. 조금 후 현관 앞 하얀 눈에 구급차가 비쳤다. 눈을 쓸던 아내도 놀라 집으로 들어오더니 얘기를 듣고 하는 첫마디가 서울로 돌아갈 두 손자녀가 걱정인지 "우리

가을 곶감 말리는 현장

는 어떻게 하느냐"고 하였다. "혈변을 세 차례 보아 운전하다 실
신으로 위험에 처하는 것보다는 병원에 입원하는 게 나으니 생
각해보자"고 하였다. 내 걱정은 뒤로 미룬 채 손자, 손녀 걱정부
터 먼저 하는 아내가 야속했다. 아내는 자는 손자를 깨워 아침
먹는 일과 집단속을 부탁한 후 함께 구급차에 올라 홍천 아산병
원으로 갔다.

아산병원

아내가 접수를 하는 동안 응급실에 있던 나는 메스꺼움을 느

껐다. 다행히 누군가가 하얀 비닐봉지를 갖다 주어 게워냈더니 봉지에 한 사발 가량의 변기에 찼던 그 짜장 칼라의 피가 그득하였다. 입부터 항문까지 같은 연결고리로 되어있음을 실감하는 동안 가슴 밑에 판을 깔고 이동식 x레이를 십자에 정조준한 후 한 방 찍었다.

그 후 침대에 누인 채 위내시경 검사실로 옮겨졌다. 피를 멈추지 않는 아스피린, 혈관개선 순환제, 고지혈증 예방약 등을 먹고 있는데, 또한 9시 이후 물도 먹었는데 내시경을 해도 괜찮을까 염려했다. 그러나 아래와 위로 나오는 긴급성 혈변과 혈토 때문에 입에 마우스피스를 물린 채 내시경이 실시되었고 피가 나오는 부위를 지혈 했다고 하였다. 그 후 중환자실에 옮겨진 나에게는 영양식 세 팩이 하나로 연결된 호스 줄이 오른쪽 손목 혈관과 연결돼 있었고, 수혈팩이 왼쪽 팔뚝 오금 혈관에 주사바늘이 꽂혀 공급되고 있었다. 아내는 손자들만 남겨둔 것이 불안했는지 집으로 돌아갔다.

* 내장에 염증이 있는 사람은 이상 증상이 느껴지면 즉시 피를 묽게 하는 아스피린 복용을 중단해야 한다.

중환자실의 풍경
오만 가지 잡생각이 다 들었다. 임플란트할 때도 몸에 좋지 않다는 방사선 노출을 삼가 될 수 있는 한 x레이 촬영을 자제해주기를 바랐는데……. 이제 좀 잠잠해지니 중환자실 풍경이 하나둘 들어왔다. 20평 정도의 넓은 병실 출입문 양쪽으로 나와 다른 남자 환자가 누워 있고 가운데에 간호사의 의료 간호 처치용 대가 있었다. 맞은편 창 아래를 머리맡으로 하여 내 앞으로 세 명의 남자가 코에 호스를 꽂고는 죽은 듯 누워 있었으며, 그 왼쪽 코너 벽 쪽에는 두 손이 묶인 채 몸부림치며 아래 기저귀를 보인 채, 외마디 절규를 끊임없이 해대는 노파가 보였다.

창 너머로는 내가 가끔 거닐던 홍천 강변에 심긴, 바람에 흔들리는 나뭇가지들이 보였다. 긴장에서 풀려나 스르르 잠이 들려고 하면 노파의 절규와 가끔 내 맞은편 둘째 줄에 있는 노인의 '주 영광'인지 자식 이름을 부르는 소리인지 중얼거림이 들려 왔다. 잠이 들었다 깨기를 반복하는 동안 또 혈변이 나오는 것 같아 양손에 주사바늘이 꽂힌 채 링거대를 잡고 출입문을 지나 복도에 있는 화장실에 들어갔다. 링거대의 높이가 높아 들이지 못해 바깥에 걸친 채 겨우 아래 내복바지를 내리고는 변기에 앉았다. 뭉클한 게 순간적으로 쏟아지고 겨우 휴지로 닦고 간신히 침대로 와 누웠다.

태국에 있는 백색 사원에서. 천국과 지옥

젊은 간호사에게 기저귀 채움을 부탁하다

화장실 가는 게 너무 불편하고 위험하게 느껴졌다. 조금 있으니 또 혈변이 나오려 했다. 화장실이 병실 바깥에 있어 안 되겠다 싶어 간호사를 불러 기저귀를 채워 달라 부탁하고 고추에 소변호스도 꽂아주기를 청했다. 남자 의료사가 와서 번데기 같이 오무라든 나의 고추를 서너 번 훑더니 아프지도 않게 금방 호스를 꽂기에 나는 "참 잘합니다." 하고 칭찬을 해보였다.

이제 좀더 편안히 눕겠다 싶었다. 그러나 여전히 혈변은 잦았고 누적된 대로 그대로 두면 될 텐데 정신이 멀쩡해 한번이라도 혈변을 보면 찜찜하여 교체를 부탁했다. 새로 기저귀 채우랴 다른 환자 의료행위도 하랴 애쓰는 간호사에게 미안하고, 간호사가 너무 힘들어 보였다. 그러나 어쩔 수 없었다.

＊ 일산병원은 기저귀를 갈아 채우는 조무사가 따로 있고 간호사는 그러한 일을 하지 않았다.

안락사를 생각하다

대부분 중환자들은 홍천 아산병원은 지방 병원인지라 서울, 춘천, 원주에 있는 병원으로 빠진다. 간호사에게 병원운영이 잘되느냐고 물으니 흑자운영이란다. 내 생각엔 의사와 간호사들이 멀티플레이하며, 흑자운영을 하는 그들의 고달픔이 느껴졌다.

노파는 두 손이 묶인 채 절규를 계속 하였다. 미동도 없이 중얼대는 노인들을 보며 그 고통을 겪느니 회복 가능성이 없으면 차라리 안락사라도 시켜주는 것이 행복할 것 같았다. 말 못하는 환자를 대신해서 그의 가족들에 전하고 싶었다. 나는 저런 경우 정신이 멀쩡하게 깨어날 가망이 없으면 꼭 안락사 시켜 달라고 자녀들에게 유언이라도 해야 되겠다는 생각을 하며 인생무상에 잠겼다.

＊ 식물인간이 되어 깨어날 수 없는 경우에는 의료 행위를 중단할 것을 공증을 받아두어 본인도 가족도 괴로움으로부터 벗어나도록 하자.

하나님은 예비해 두셨다

열흘 전 은행 차장으로 근무하다 사표를 내고 서울에 있던 며느리가 소식을 듣고 시누이(필자의 딸)와 함께 방문하였다. 손자녀의 귀가 문제는 엄마와 함께 돌아가면 되므로 해결이 잘 되었다.

며느리에게 절대 교회나 누구한테도 나의 입원을 알리지 말고, 절대 남편(필자의 아들)에게도 병문안도 오지 않도록 당부하였다. 방문자들이 불편할 것도 걱정이지만 기저귀 찬 나의 몰골을 절대 보이고 싶지 않았다. 며느리에게 안전하게 자녀를 태우고 갈 것을 부탁했다. 그렇게 해서 아내와 딸과 며느리는 돌아갔다.

구급차를 타고 홍천에서 일산병원으로

처음 두 팩의 수혈이 끝나면 한쪽 손이 편리해지리라 생각했는데 또 수혈을 하겠단다.

나는 "지혈이 되지 않아 계속 수혈하고 혈변을 반복하는 게 아닌가." 하고 물었더니 간호사도 몰라 의사에게 답변을 듣고 그럴 수도 있단다. 이거 수혈하고도 혈변이 반복된다면 누워있으나 마나 한 일이 아닌가! 처음부터 서울로 갈 것을, 하는 후회가 밀려왔다. 결국 병원을 옮기겠다고 청하고 구급차를 부르도록 부탁하였다. 조금 전 다녀간 아내에게도 전화로 알리니 집단속을 다하고 오겠다고 한다.

벌써 하루가 지나갈 즈음, 면회 시간이어서인지 맞은편과 그 건너편 환자에게 방문객이 우르르 몰려왔다. 내 맞은편 환자에게 찾아온 60대쯤 되어 보이는 뚱뚱한 몸매의 아내인 듯한 여자는 미동도 없는 그에게 "여보 내가 왔어. 내가 왔어.", "눈 좀 떠 보세요. 눈 좀 떠 보세요."라며 퇴실할 때까지 20번도 더 떠드는 것 같았다. '좀 편안히 놔두지. 눈도 못 뜨는 환자가 얼마나 괴로울까.' 싶었다. 남편을 괴롭히는 그 아내의 교양 없음을 속으로 탓하고 있는데 의사도 병실 가운데서 병 진행 상태를 설명하며 그 아들들의 물음에 대꾸를 하고 있었다. 무척 시끄러웠다. '병실 밖에서나 진료 관계를 말할 것이지.' 나와 다른 환자에 대한 배려는 안중에도 없는 것같이 보였다. 병원을 옮기기로 생각하길 참 잘한 것 같았다.

  그 건너편 방문객 중 한 사람이 자기 환자보다도 노파의 몸부림을 우두커니 구경거리인 양 보고 있으니 간호사가 그의 보호자냐고 물었다. 아니라고 하는 소리를 듣고 속으로 웃음이 나왔다. 일산병원으로 옮기기로 결정하고 기다리니 아내가 8시경 왔다. 퇴원수속을 밟고 구급차가 오기를 기다리는 동안 아내는 며느리가 서울에 잘 도착했다고 전해 주었다.
  병원 입원 후에는 119 구급차를 부를 수가 없다고 한다. 병원에 소속되어 있는 구급차는 구하기가 어려웠다. 한 시간 가량 지났을까 구급차가 와서 수혈팩을 새로 꽂았고 또 한 개의 수혈팩이 준비됐다. 의사 한 명과 아내, 나와 운전기사는 일산병원으로 달리기 시작하였다. 눈도 왔고 지면이 언 상태를 걱정하며 하나님께 무사히 도착하게 해주실 것을 누워 흔들리는 차 안에서 기도 드렸다. 그동안에도 혈변은 조금씩 나오는 것 같았으나 어쩔 수 없었다. 도착하여 아내에게 물어 안 것이지만 경춘 고속도로를 지나 외곽순환 도로를 거쳐 무사히 11시 10분경 일산병원 응급실로 도착하였다.

* 위험하다고 생각되는 병은 처음부터 그 병을 전문으로 다루는 큰 병원으로 가야 경제적 손실도 육체적 고통도 덜하다.

일산 고양시 꽃 박람회장에서

일산병원 응급실에 도착하다

보충용 수혈팩이 실온에 그대로 노출되어 보관상태가 좋지 않아 폐기되는 상황을 보고 마음이 아팠다. 아산병원에서 있었던 모든 의료 행위와 나의 괴로움은 수포로 돌아가고 또 새롭게 진료가 준비되었다. 그 가운데 차에 흔들려서인지 짜장 칼라의 구토를 또 하게 되었다.

구급차에 실려 오면서 혈변을 본지라 간호사에게 기저귀를 좀 갈아줄 것을 부탁하니 (기저귀 가는 조무사가 따로 있었음) 자기들은 그런 일은 하지 않는다고 한다. 홍천 아산병원에서는 간호사들이 하였다고 하니 몇이 모여 쳐다보며 수군거렸다. 그런 모습을 보니 내 모습이 처량하게 느껴졌다. 조금 있으니 측은해서인지 간호사 한 명이 기저귀 준비를 해달라 하여 아내가 병실 안 매점에서 구매하여 함께 갈아주었다.

아산병원 응급실이 재판되다

아산병원 아침과 똑같이 촬영판이 가슴 밑으로, 십자의 이동식 카메라가 철컥 지나갔다. 또 위 내시경을 의사와 같이 보니 출혈되는 곳 없이 깨끗하였다. 아산병원에서 계속된 출혈은 이미 쌓여 있었던 것이 배출된 것 같았다. 구토한지라 기도와 폐에 이상이 있는가 싶어 코와 기도로 호스를 삽입했으나 끝이 꼬부라져 다시 해야 한단다. 나는 기도와는 상관이 없음을 알기에 절대 다시 그 고통을 겪지 않겠다고 말하고 누웠다.

* 사실은 위에서 출혈이 있었던 것이 아니었고, 급성 십이지장 궤양성 출혈이었으며 지혈했다는 말은 사실이 아니었다. 의심이 될 때는 의사의 말을 100% 믿을 것이 아니라 두세 군데 병원에 가서 확실한 병명을 진단받아야 한다.

아는 의사 한 명 정도는 필요하다

당직 의사로 보이는 사람이 와서 병원에 아는 의사 선생님이 있느냐고 묻기에 없다고 했다. 그러다 1월 23일 월요일 오후 4시에 예약된 서정○ 교수가 생각났다. 병실로 옮겨줄 것을 부탁하니 1, 2, 4인실 중 선택하라기에 나는 4인실로 가기로 하고 이리 돌고 저리 돌아 입원실로 옮겼다.

* 의사나 간호사 등 평소에 아는 사람을 스마트 폰에 입력해 두면 나중에 도움이 된다.

편안한 입원실에 둥지를 틀다

깨서 알게 되었지만 80병동 80○호실에 나는 그 고난의 행군을 뚫고 둥지를 틀게 되었다. 새벽 6시경부터 일어나 하루에 세 번이나 병원에 방문하고, 홍천 아산병원에서 일산병원까지 옮겨가며 두 번의 수납대행 등 보호자로 거의 하루를 고난 속에 보내고 눕지도 못한 아내는 의자 두 개를 마주 놓은 채 앉아 새벽을 보내고 있었다. 집에 돌아가도록 하였으나 조금 이른 시간이었다.

완전한 중환자인 나의 몰골

아내는 집으로 돌아갔다. 나의 몰골을 살펴보니 고추에 소변호스가 소변통에 연결되고, 왼쪽 엄지손가락에는 집게가, 가슴에는 세 가닥의 호스가 연결되어 컴퓨터 모니터에 세 줄의 그래프를 그리고 있었다. 링거대에서 내려오는 세 가닥의 영양공급호스는 끝에서 하나가 되어 오른 손목에 주사바늘로 꽂혔고, 왼쪽에는 수혈호스가 연결된 바늘이 꽂혔다. 이처럼 나는 완전히 중환자로 누워 있었다. 밤에 당번 간호사가 들어와 헝클어진 호스들을 가지런히 묶고 간결하게 정리해 주었다.

* 아래위로 혈변과 혈토를 하니 중환자가 된 것이다. 이상이 있다고 느낄 때 더 빨리, 지난 16일 월요일에 검진만 받았더라도 위내시경 1번으로 끝날 것을……. 후회의 만감이 눈가로 주르르 흐르며 나의 게으름을 자책하였다. 호미로 막을 것을 가래가 아니라 댐으로 막는 기분이었다.

2
1월 21일 토요일, 입원 둘째 날

둥지 튼 병실이 보이다

21일 토요일 아침 평안과 함께 병실이 보였다. 나는 금식 환자이고 다른 환자들은 정해진 대로 아침 식사가 시작되었다. 커튼이 걷히고 환우들이 보였다. 내 옆쪽과 맞은편 환우는 50대쯤 되어 보였고, 창가의 사내는 40대쯤 되어 보였다. 내가 가장 나이가 많은 것 같았다. 맞은편 환자는 '회전근개근'이 98% 끊겨 나머지 2%에 무엇을 연결하여 회복하는 중이며 움직이지 못하도록 그의 겨드랑이에는 네모상자 같은 것이 끼어 있었다. 소변호스도 보였다. 걸을 수 있는데 왜 소변호스를 꼈을까 생각해보니 아마 첫 입원 시 걷지 못할 형편이라 그러지 않았나 싶었다. 보호자와 주고받는 대화를 들어보면 교회 집사쯤으로 보였다. 속으로 같은 교인이라 반가웠다.

당근을 캐 놓은 밭

여러 유형의 보호자

그의 보호자들이 다녀가곤 한다. 보호자에도 여러 유형이 있었다. 대각선 상의 환자는 얼핏 듣기에 척수염으로 입원한 것 같았다. 보호자는 젊은 아낙인데 어젯밤부터 계속 옆에 있었다. 얼마나 힘들까 생각하고 있는데 그 아낙이 '잠깐 나갔다 오겠다'고 말하니 그의 남편은 어딜 가냐며 계속 자기 옆에만 있길 바라는 것 같았다. 자기는 누워 과자를 먹으며 스마트 폰을 즐기고 있으면서……. 아낙이 불쌍하다는 생각에 속으로 '나쁜 놈' 하고 꾸짖었다. 맞은 편 환자 부부는 모두 탱글탱글한 모습에 매끈하고 건강한 느낌의 사람들인데 부인이 아침과 저녁으로 다녀갔다. 대화를 들어보니 아마 부인이 슈퍼마켓 일을 하고 있는 것 같은데 집안일, 교회일, 슈퍼장사 등 주고받는 조잘거림이 두서너 시간 동안 계속하다 돌아가곤 한다. 내 옆의 환자는 목발을 짚고 다니는 걸 보면 골절 환자 같았다. 아내인 보호자는 조용히 10시쯤 왔다 대화 소리의 들림이 없이 점심 시중을 들고 2시쯤 소리 없이 돌아가는 것으로 보아, 지혜로운 보호자 같아 보였다.

나의 보호자, 아내

어제 새벽부터 눈을 쓸고 오늘 새벽 6시까지 꼬박 24시간 강행군한 아내가 집에서 푸~욱 잠을 자고 2시경 왔다. 나는 아내에게 잠자리의 불편한 점을 얘기했다. 그러니 아내는 잠자리를 이리 저리 손을 본 후 다음에 올 때 가져올 것을 말하고 앉으니 아내는 말이 없다. 그래서 '다른 보호자는 많은 얘기들을 주고받는데 당신은 왜 말이 없느냐'며 핀잔 비슷하게 하였다. 사실 아내는 전해야 할 사항 말고는 평소에도 얘기가 없는 편이고, 내가 말머리를 내놓고 얘기를 나누는 이심전심으로 지내는 사이다.

일본 온천장에서

하나님! 할아버지를 살려 주세요

할 말이 없는 아내에게 말머리를 던졌더니 얘기가 술술 쏟아져 나왔다. 어제 우리가 구급차로 떠난 후 안부를 물어온 며느리에게서 둘만 있게 된 손자, 손녀의 얘기를 들었다고 한다. 손자 손녀 둘은 서로 손을 잡고 하나님께 응응 눈물을 흘리며 '하나님, 할아버지를 살려 주세요'라고 간곡히 기도했더란다. 손자는 아내의 등에 업혀, 앞 앞전 김권수 담임 목사의 '목적이 이끄는 40일 새벽 기도회'에 하루도 빠짐없이 참석 개근 하여 가장 어린나이라 기특했던지 손자는 정개근상 대표 수상자로 뽑혀 수상한 적이 있다. 콩나물에 물을 주면 물은 다 흘러도 콩나물은 잘 자라듯 업혀 키운 믿음이 기도를 하게 하지 않았나 싶었다. 내일 아들 가족이 일본 여행을 떠난다는 얘기도 하였다. 나는 아내에게 내가 여행 잘 다녀오라더라는 얘기조차 못 전하게 하였다. 그 말을 들으면 중환자인 애비를 두고 떠나는 애들이 얼마나 미안하고 죄송해 할까⋯⋯.

기저귀 갈기와 준비물

혈변이 나와 기저귀를 갈아 달라고 초인 버튼 벨을 누르니 두 조무사가 왔다. 그들은 아내에게 어제 사다 놓았던 물티슈를 다 쓰고 모자라, 지금 있는 것은 병동 것을 꾸어 주는 것이라고 말하니 아내는 하루도 안 지났는데, 하며 의아해 하는 것 같았다.

인도의 타지마할,
무굴제국의 황제 샤자한이 평생 사랑한 왕비를 기리기 위해 대리석으로 건축한 무덤

조무사에게 기저귀를 간 후 기저귀 가는 데 필요한 물품 즉 품명, 크기, 양 등을 적어 아내에게 주라고 하였다. 그것을 본 아내는 너무 양이 많다는 등 조무사와 말을 주고받았다.

일산병원의 부족한 점

이 병원의 단점은 기저귀용품을 보호자에게 마련해 오라는 것이다. 어떤 기저귀는 밴드 접착력이 너무 강해 비닐장갑이 뻥뻥 펑크가 날 정도고 어떤 것은 크기가 안 맞고……. 제품을 마련해 놓고 환자가 쓴 양 만큼 대금 청구를 하면 서로 서로 편리하고 좋을 텐데 그 점이 조금 아쉬웠다.

아내에게 1,000만 원 쓰도록 하다

조무사들이 그렇게 많은 양을 준비케 한 것을 보면 아마 나를 암 같은 병으로 장기 입원한 환자로 생각한 것 같았다. 그들이 떠난 후 아내에게 '아니라 하더라도 의심의 말을 하면 어떻게 하냐.'며 나무랐다. 그리고 병원비가 100만원은 넘을 것이라는 생각에 100만원 쓰라면 쓰지 말라는 뜻 같아 내가 준 카드로 퇴원할 때까지 1,000만원 들 거라 생각하고 여기 오고 갈 때도 택시를 타고 다니라고 하였다. 그러나 아내는 딱 한 번 택시를 탔다. 아내는 조무사들이 적어준 쪽지를 들고 기저귀와 물 티슈를 사러 나갔다.

다 준비하고 나니 또 우리 둘 사이에 침묵이 잠시 흐른다. 나는 아내에게 돌아가 쉬라고 하니 아내가 더 있겠다고 하였으나 돌려보냈다.

아내는 건망증 환자

그동안 왼팔에 있던 수혈 바늘과 손가락 집게 측정기도 뽑고 빼어 훨씬 자유로워졌다. 또 변이 나와서 조무사를 불렀다. 기

아르헨티나의 철로 만든 해바라기 구조물,
시간을 따라 해를 향하고 해의 강도에 따라 오무라들었다 펴졌다 함

저귀를 간 후 조금 전 있었던 일로 아내를 건망증 환자처럼 취급
하여 나는 조용히 "우리 할멈이 나이가 들더니만 요사이 깜박깜
박하는 것 같다."며 미안하다는 뜻을 넌지시 비쳤다. 그러고 나
서 장에 걸려있는 웃옷을 좀 달라고 하여 조금 전 꾸어 주었다는
물티슈 값이 얼마냐고 값을 치르려고 하니 돈은 안 받는다고 하
였다. 미안한 생각이 들었다. 그 조무사는 아내가 그새 사다놓
은 새 물티슈 한 통을 들어 보이며 챙기고는 그 일은 이것으로
끝내자고 하였다. 고맙다고 하였다.

조무사들의 여러 유형

기저귀 가는 조무사들도 여러 유형이 있었다. 이분들처럼 여러 장의 티슈를 사용하여 깨끗하게 처리해주시는 분, 대충 닦아주시는 분, 이 둘의 중간쯤 처리해주시는 분, 여러 유형이 있었다. 나는 여러 장을 쓰더라도 깨끗하게 닦아주었으면 했다.

낮이 가고 밤이 되다

나는 금식이라 굶고, 다른 환우들은 벌써 저녁 식사를 끝냈다. 바깥에는 어두움이 몰려왔다. 성경 말씀에 하루가 천년 같고 천년이 하루 같다는 말씀처럼 하룻밤이 1,000년 같은 이 밤을 어떻게 또 보낼꼬 하는 괴로움이 몰려온다.

나의 잠자리 습관

나는 밥은 따뜻한 밥 한 그릇에 반찬 한 가지만 있으면 족한 사람이다. 그러나 잠자리는 매우 까다로워 절대 차광. TV 초크등의 불빛까지도 가려야 한다. 또한 절대 방음. 그리고 적절한 습도와 온도가 유지되지 않으면 깬다.

겨울에는 24시간 가습기를 틀어 놓는다. 내 방은 암막 커튼이 쳐져 있고, 돌침대 위에 10센티 두께의 돌침대는 놓으나 마나한 매트리스, 침대 오른쪽에는 오른손 베개, 라디오, TV 리모컨

이 있다. 왼쪽에는 왼손 베개, 벽걸이 에어컨, 메모용 달력, 잠자리 등, 메모지, 필기구 통, 온도조절 스위치, 보습크림, 베개는 메밀베개여야 하고, 침대용 솜베개, 스펀지베개, 닭털베개 등은 절대 사절이다. 이불은 적당한 두께로 무릎 사이에 끼워야 잘 수 있다.

결혼 초에는 한 열흘간은 꾹 참고 같은 이불을 덮었으나 돌돌 마는 나의 이불 무릎 끼기 습관으로 아내도 불편해 했다. 일을 볼 때는 한 이불에 있다가 끝나면 각자의 이불을 덮을 정도로 나는 잠자리가 까다로운 사람이다. 여행, 수련회, 친지방문 등 집을 떠난 잠자리는 나에게 고통을 준다.

수갑을 다시 차다

아산병원에서부터 수혈을 하기 위해 바늘을 꽂고 온 왼쪽 팔 오금에 손바닥만 한 멍이 들어 있었다. 간호사는 이 주사바늘을 언제 수혈을 할지도 모른다면서 왼손 손목으로 옮겨 꽂아놓았다. 더욱 간편해졌다. 대각선 방향에 쳐진 커튼 사이로 보이는 열 병합 발전소 굴뚝 꼭대기에 달린 빨간 등의 깜박거림이 잠 못 드는 나에게 반갑다.

두세 시간마다 혈압 측정, 채혈 등이 계속되는데 선 잠든 동안 양쪽 발목에서도 채혈을 하는 것 같았다. 계속된 채혈에 피가 부족해졌는시 밤 10시쯤 조잘거림 속에 조금 시간의 여유가 있었던지 한 명의 간호사와 함께 오후 간호사가 왼쪽 손목에 다시 수혈을 해야 한다고 한다. 나는 조금 짜증이 나서 또 하느냐고 퉁명스럽게 한마디 하였다. 다시 내 자유스런 왼팔에 수갑을 채우는 기분이 들었다.

나를 당기는 환자복과 밭고랑을 이룬 시트

수갑을 찬 듯한 기분으로 수혈을 받았다. 그것도 천천히 한 방울 한 방울 떨어지는 핏방울을 지켜보며 언제 끝날까 하는 느림에 원망을 했다. 너무 불편해 오른쪽으로 돌아누우려면 몸에 걸친 일곱 개의 호스들을 가지런히 정리해야 했다. 환자복을 입은 채 도니 환자복이 나를 당기고, 또 불편하여 왼쪽으로 돌아누우면 같은 고통이 반복되었다. 이제는 바로 누우려고 하니 시트가 밀려 밭고랑을 이루어 등을 이리 저리 눌러 나를 괴롭혔다. 안되겠다 싶어 모든 것을 될 수 있는 한 가지런히 하고 바로 누워 있기로 하고 나의 인내심에 맡기기로 하였다. 바로 누워있으니 이제는 금식을 하여 뱃가죽이 꺼져서인지 양쪽 늑골이 무거운 무게로 짓눌러 오기 시작했다.

레닌그라드 사원 앞에서

병원 입원생활을 못 해본 사람들을 위한 입문서 · 7일간의 병원 입원생활기, 그리고 그녀

아내에게 괴로움을 알리다

참기에 힘들어 겨우 휴대폰을 들고 아내에게 전화를 걸어 딸에게 배 양쪽에 있는 늑골 끝이 아픈데 어디 안 아프게 하는 지압점이 없을까 검색해 보라고 하고 연락을 부탁하였다. 잠시 후 연락이 왔다. 그런 정보는 없다면서 양손으로 살살 문질러보란다. 아내가 "내가 가서 문질러줄까" 하기에 괜찮다고 하며 말대로 살살 문질렀으나 별 소용이 없었다.

야속해 보이는 간호사

나는 초인 버튼을 눌러 간호사를 불러 진통제를 놓아 달라 하니 안 된다고 하였다. 또 참을 수 없어 불렀더니 한쪽 영양식 호스의 나사를 열고 진통액을 넣는데 빨리 밀어서인지 바늘 꽂힌 혈관이 아팠다.

원망스럽도록 느린 속도로 내려오는 핏방울을 지켜보며 차라리 정신없이 고통도 모르게 누워있는 아산병원의 환자들이 행복해 보이기도 하였다.

시끄러운 편이 좋아진 잠자리

잠을 못 들고 잠자리가 까다로운 나에게 오히려 불빛이 더 좋았고 옆 환우의 화장실 가는 목발소리가 반갑고, 맞은편 환우의 기침소리가 그립다. 혈액이 4분의 1쯤 남았을 때 밤 근무로 교대된 그녀가 등장하였다.

* 그녀는 여성을 칭하는 3인칭 대명사이다. 에로스의 관점으로 보지 말고 필리아의 관점에서 보자. 물론 70대 노인과 10대 소녀의 사랑 얘기도 있고, 98세에도 사랑을 하고 싶다는 철학자 노교수도 있다. 이처럼 사랑은 젊은(?) 오빠들의 로망이다. 고통의 와중에도 나를 연인같이 부드럽고도 친절하게 대한 간호사를 단지 간호사라고 호칭하는 것은 예의가 아닌 것 같았다.

그녀가 등장하다

소리 없이 등장한 수선화 같은 그녀는 고통 속에 깊은 밤에도 잠 못 드는 나를 보더니만 미소를 지으며 다가왔다. 그녀는 링거에서 떨어지는 혈액과 수액들의 흐름과 소변호스의 흐름, 소변의 모임 등을 찬찬히 아주 찬찬히 눈이 부실세라 등도 켜지 않고 스마트폰 불빛으로 전부 점검하고, 조정하고, 혈압을 쟀다. 여전히 미소를 지으며 나가려는 그녀에게 진통액을 한 번 더 주사해줄 것을 요청하니 쾌히 가져다가 조금 전 그 간호사가 풀었던 나사를 다시 풀고 천천히 아주 천천히 주사를 놓아 진통액이 들어가는 느낌이 없을 정도로 잘 놓아주었다.

주사 때문인지 그녀의 부드러움 때문인지 고통이 덜해져 마음의 안정이 찾아왔다. 그 후 잠이 와 눈을 꿈벅꿈벅하는 동안 첫 번째 수혈이 모두 끝나갈 무렵 그녀는 정확히 그 시간에 와서는 두 번째 수혈을 하였다.

나의 자유를 위해 희생한 그녀의 밤

새 팩을 갈아 끼우는 그녀의 모습이 아름다워 보인다. 이 수혈이 끝나면 가능해질 한 손의 자유를 상상하니 평안함에 나도 모르게 눈이 감겼다 뜨였다를 반복하였다. 왼 손의 자유로움을 조금이라도 빨리 주려는 듯이 그녀가 갈아 낀 수혈이 끝날 즈음 새벽에 쏟아지는 졸음을 참고 수혈 팩을 처음 한 번 점검, 좀 지나서 또 한 번 점검, 또 좀 이따 점검, 총 세 번의 점검을 하였다. 호스에 남아 있을 때 와서 빼줘도 될 것을……. 천사의 마음 같은 그녀…….

그녀에게 왼손의 자유로움을 선사 받은 그 뒤 나는 잠들었다. 자는 와중에도 그녀의 혈압검사, 채혈검사의 부드러움을 느꼈다. 그렇게 고통의 밤이 지나고 새벽, 먼동이 트는 것이 보였다.

3부

입원
생활기

1월 22일 일요일, 입원 셋째 날
1월 23일 월요일, 입원 넷째 날

1

1월 22일 일요일, 입원 셋째 날

여러 유형의 간호사

간호사에도 여러 유형이 있었다. 어젯밤처럼 연인 같은 간호사, 엄마 같은 간호사, 포동포동 귀여운 아기 같은 간호사, 친구 같은 간호사, 학생 같은 간호사, 대나무같이 반듯한 간호사, 생수 같은 간호사 등등.

이 병실을 추억하리라

아침식사의 국 내음이 사흘을 굶은 내 속을 흔들어 놓는다.

아침이 끝난 후 대각선 방향에 있던 40대 척수염 환자가 병실을 옮기는지 퇴실하였다. 엄마의 손길 같은 간호사가 이동용 의료기기대를 밀고 들어왔다. 나는 그에게 퇴실한 상대편의 유리

미국 유니버설 스튜디오 앞에서

창 롤스크린을 끝까지 올려 달라 하고 보니 아파트가 보이고 절이 있는 곳에서 유턴하는 차들의 모습이 보였다. 나도 늘 이 병원을 방문하면 돌던 자리이다. 지지난주 월요일에도 안과 검진을 받고 유턴한 곳인데 지금은 환자로 병실에서 그 풍경을 보고 있다니. 퇴원하면 추억의 이 병실을 추억하며 돌겠지.

엄마 같은 간호사

머리맡에 소변통을 놓아두어 편하게 소변을 볼 수 있게 되었다. 나는 엄마 같은 간호사에게 혈압을 잴 때, 제발 소원이니 불편한 소변호스를 좀 뽑아달라고 했다. 그러니 간호사는 당직 담당의사에게 연락해보겠다고 하였다. 아마 그 당직 의사도 환자의 상태도 정확히 모른 채 뽑으라 말라 할 수 없을 것이다. 어쩔 수 없다고 하였다. 그러면 가슴에 있는 호스라도 떼어달라고 하니 계속 지켜보았어도 정상이라 생각해서인지 부모가 자식 사랑하듯 자애로운 마음으로 호스들을 떼어주었다.

나는 강력히 말하리라

나는 입원 후 처음 대하는 의사이지만 내일 담당의사가 순방할 시 강력히 소변호스를 떼어달라고 얘기하리라. '나는 당신에게 생애 처음으로 두려운 가운데 위와 대장 내시경을 받았으며, 이 병 때문에 23일 월요일 오후 4시에 예약이 되어있다는' 인연을 내세워 강력히 부탁하리라. 이제 혈변이 멈춘 듯하여 기저귀를 한 엉덩이에 손을 대보니 땀으로 흥건하였다. 돌아가신 어머니의 욕창 모습이 오버랩 되었다.

나의 어머니 나의 어머니

어머님은 93세에 돌아가셨다. 일제강점기에 먹고 살기 위해 일본에서 사업을 하던 젊은이가 이웃하던 외할아버지(어머니의 아

일본에서 세 살 때. 어머니는 나를 정성을 다해 기르셨다.

버지)의 승낙을 얻어 결혼하셨는데 그 후 아버지는 딸을 하나 두고 사업 중 열차 사고로 돌아가셨고, 그 딸도 어린 나이에 죽었다고 한다. 청상과부가 된 어머님은 그 당시 재혼도 할 수 없는 풍습 때문에 가문을 이어야겠다는 생각으로 큰집(필자의 생가)에서 양자를 들이기로 하였고, 그 당시 5남매 중 가장 어린 나를 양자로 들였다. 나중에 큰집은 나 아래로 셋을 더 낳아 2녀 6남의 자녀를 두었다.

  시골에 있는 형제들은 아무도 대학 진학을 한 형제가 없었으나 어머님은 평생을 공장에서 일하시며 자기희생으로 나를 키우셔서 대학까지 보내셨다. 오늘의 나를 있게 한 분이 어머니시다. 그 후 시골에 있는 형제 중에서 10년 어린막내가 나의 생활을 보고 대학을 진학하였는데 공고를 졸업한 동생은 공장에서 일하다가 재수를 하여 나와 같은 교직생활을 하였다.

어머님 자리보전하시다

어머님은 평생 일본여자 특유의 무릎을 구부려 앉는 자세로 지내셨는데 이로 인한 관절염으로 걸을 수 없게 되셨고, 80세가 될 즈음부터 자리보전을 하셨다. 치료를 하러 병원에 갔으나 이미 치료할 수 없는 단계였다.

어머님! 불효한 자식을 용서하소서!

서울교대를 졸업하고 같이 교직생활을 하던 아내도 어머님의 병환으로 인해 사직을 하고 어머님 뒷바라지를 하였다. 그러나 아들 내외기 맞벌이하여 손자까지 떠안게 된 아내는 너무나 힘이 들어 어머니가 돌아가시기 7개월 전쯤에 어머니를 요양병원에 입원시켰다.

처음에는 병원이 잘하는 것 같았으나 어머니 허벅지에 동그랑땡 크기만큼의 욕창이 생기더니 점점 커졌다. 다른 요양 병원으로 옮겼으나 어머님은 병환이 깊어져 93세를 일기로 돌아가시게 되었다. 그런 어머니를 생각하니 불효했다는 생각에, '어머님,

노르웨이 박물관에서

불효한 자식을 용서하여 주소서! 용서하여 주소서!' 회한의 눈물
이 누워 있는 눈 양가로 주르르 흘렀다.

천국에서 생활하시는 나의 어머니

어머님이 돌아가시고 1개월쯤 되었을까. 꿈에 나타나신 어머
님은 얇은 하늘거리는 황금 비단 치마 저고리를 입으시고 입술
에는 연분홍 립스틱을 엷게 바르신 채 평소의 웃으시던 모습 그
대로셨다. 어머님은 뒤로 흰옷 입은 천군 천사들을 거느리시고

양팔 벌려 날으는 자세로 나에게 다가오셨다. 나는 "어머님" 하고 놀라 깨었다. 지금도 하나님과 기쁘고 즐거운 나날을 보내실 어머님을 추억하며 마음의 위로로 삼았다.

속기저귀만 차다

벨을 눌러 조무사를 불렀다. 비닐로 새지 않게 된 기저귀에 너무 땀이 차 흐를 정도라 욕창이 생길 것 같으니 기저귀를 치우고 속기저귀만 채워달라고 했다. 조무사는 조심히 하고 변의가 느껴지면 불러라 한다. 속기저귀만 차게 되니 벗은 것 모양 시원해 기분이 날아오를 것 같았다.

사도신경도 더듬거리는 나의 믿음

예배시간이 된 것 같아 사도신경을 묵송하려니 그렇게 잘 낭송되던 것이 기억나지 않았다. '나는 전능하신 하나님 아버지를 믿사오며…….' 그 뒤의 구절이 생각나지 않아 우물거렸다. 나는 그의 유일하신 아들 우리 주 예수그리스도를 믿사오며……. 성령으로 잉태되어 동정녀 마리아에게서 탄생하시고……. 성도의 교제와 몸의 부활과 영생을 믿습니다. 아멘.' 하고 보니 그동안 몇 번 개정되었으나 초등학교 3학년부터 예수 믿은 원로장로인 내가 참 교인인지 의심이 갈 정도였다.

맞은편 환자의 방문객

다른 환우들이 점심을 끝내고 낮잠이 들 무렵 맞은편 집사의 방문 손님이 있었다. "자네는 인물일세!" 하는 소리와 함께 벌떡 일어선 집사가 "오셨어요." 하며 냉장고에서 음료수통을 꺼내 넘겼다. 집사는 예배 마치고 다른 분들도 많이 오기 때문에 병원 로비에서 만나기로 했다는 말도 하였다. 그 후 그의 사모도 오는 것 같았다. 그는 교회 영향력 있는 집사 같았다.

그와의 긴 대화

문병 온 사람이 나간 후 나는 그에게 대화를 건네었다. 혹시나 우리 교회에 아는 교인이라도 있을까봐 나는 어느 교회 장로임을 밝히지 않았다. 교회에 입원한 사실이 알려질까 싶어서이다. 힘깨나 쓸 것 같은 그가 처음에 운동을 하다 다친 줄 알고 물었더니 음향기기를 설치하는 팀장이라 음향기기의 무게를 견디지 못해 이렇게 되었다고 하였다.

어느 교회에 출석하느냐고 물었더니 서교동에 있는 교회라고 하였다. 같은 교단 소속 교회라 더욱 반가웠다. 문병 온 사람이 교회 원로 장로냐 물어보니 '원로목사'라고 한다. 그에 대한 예우며, 교회 형편이며, '사랑의 교회' 오정ㅇ 목사의 학위가 거짓이 탄로 나 지금은 세 파로 나뉘어 예배를 드린다는 등, 자기 교회도 게으른 목사로 인해 지금 분쟁 중이라는 등, 자기가 음향

정원에 있는 눈 덮인 장독대 풍경

기기를 설치한 연세 중앙교회 얘기며, 지금은 제주도에서 음향 기기를 야외 설치하는 일이 제일 많다는 등 한참 여러 대화를 나누었다.

나의 대화 스타일

나는 교회에 대하여 아무 말도 하지 않았고, 주로 그에게 듣는 형식으로 대화가 진행되었다. 나는 내가 말을 하는 것보다 상대로 하여금 얘기를 하게 하여 듣는 스타일이다.

환자가 교체되는 과도기 1

대각선 상의 빈자리에 나이 든 촌로가 입실하였다. 그가 환자 간 가림막 커튼도 닫지 않아 창 너머로 계속 바깥 풍경이 보였다.

예배 결석을 본 장로들의 전화

교회 예배에서 나의 빈자리를 보았음인지 몇 분의 장로님으로부터 전화가 왔다. 거짓말할 것 같아 진동으로 해둔 벨이 겨울의 세찬 바람 속에 윙윙 거리는 바람소리처럼 울리다가 끊기고 다시 또 울리고 하며 몇 번 슬프게 울고 끊겼다.

아내의 거짓말

오후 찬양 예배를 끝낸 아내가 왔다. 나의 결석을 본 성도들이 물었단다. 그래서 아내는 '홍천에 눈이 많이 내려서 나는 집에 있고 자기만 버스로 왔다.'고 말을 하였단다. 나는 혼자 라면도 끓여 먹지 못하는 사람이다. 아내는 삼척동자도 다 눈치챌 변명을 하였다. 다행히 비밀이 잘 지켜져 정말 자녀들도 누구의 방문도 없어 안심이 되었다. 며느리가 여전도회 헌신 예배 시 성경 봉독을 잘했다는 얘기를 하면서 주보(예배 순서지)를 나에게 건네주었다. 암 투병 중인 담임목사의 모습이 떠올랐다. 내가 병중에 있다 보니 힘들다는 항암 주사를 수십 차례 맞고도 참고 견디는 그의 투병 모습에 나는 또 한 번 더 감동받았다. 아내는 한 시간여 있다 돌아갔다.

불러도 못 들은 척 하는 촌로

저녁식사도 끝나고 어두움이 슬슬 밀려오고 있었다. 몸은 조금 자유로워졌으나 여전히 오른쪽 손목에는 식사 대신 영양주사 세 개의 호스가 하나로 연결되어 바늘로 꽂혀 공급되고 있고 소변호스는 여전히 꽂혀 있었다.

식사를 끝내고 홀로 한발을 다른 무릎에 올리고 누워있는 심심해 보이는 촌로를 보고 "어르신.", "어르신." 하고 두 번이나 불렀으나 그는 눈 하나 껌벅하지 않았다. 무시당하는 기분이 들었다.

마음의 부담을 덜다

낮에 갈아 낀 속기저귀는 방귀만 가끔 나올 뿐 혈변이 없어 다행이었다. 간호사는 혈압을 재고 모아둔 소변 색깔을 체크하는 등 채혈이 줄어서 부담감이 훨씬 줄었다.

깜박 깜박 졸린 나

저녁 식사가 끝난 후 모두들 조용해지고 열병합발전소 굴뚝 꼭대기의 빨간 신호등은 여전히 깜박거리고 있었다. 잠이 깜박 깜박 왔다 갔다 하였다.

병원의 체제

누워있을 뿐 할 일 없는 나는 병원 체제는 청소하는 분, 기저귀를 갈거나 환자를 돕는 조무사 파트, 식사를 제공하는 팀, 환자 이동 팀, 간호사 파트, x레이 및 내시경 등의 검사 의료진, 인턴, 레지던트, 담당의사, 경비, 건물 관리팀, 장례팀 등 다양한 사람들로 구성돼 있다. 병원 하나가 참 많은 일자리를 창출한다는 생각이 들었다.

그녀가 다시 왔다

주위는 모두 깊은 잠에 빠져 들고 시간이 흘렀을까. 어젯밤 근무자였던 그녀가 립스틱을 바르지 않은, 그냥 혈색이 잘 도는 입술에다 뽀얗고 매끈하니 미소 띤 모습으로 홀연히 나타났다. 어젯밤 내가 가장 고통 중에 있을 때 그 고통으로부터 나를 건져 준 그녀. 손길이 가장 살폿했던 그녀가 오늘밤 내 앞에 다시 나타나다니.

프랑스 파리 에펠탑 앞에서

그녀와 긴 대화를 할 기회

그녀는 내 머리맡의 등을 조용히 켜고 어제와 같이 세 줄의 흐름, 소변의 흐름과 차있는 모양을 살펴보고 나에게 이름을 (모든 간호사가 진료의 정확성을 기하기 위해 묻는 통상적 물음) 물었다. 조용히 '배정수'라고 하였다. 그녀의 부드러운 손잡음과 함께 혈압을 재고 맥박 측정도 했다. 나는 링거대로부터 가슴을 거쳐 오른 손목에 달린 영양 주사호스를, 혹시 수혈을 할지 몰라 준비된 링거대 가까운 왼손으로 위치를 바꿔달라고 부탁하였다. 그녀와 나 사이에 긴 대화를 나눌 수 있는 시간, 행복의 시간이 주어졌다. 똥오줌도 못 가리는 낭떠러지 저 밑바닥으로 떨어진 나의 인격.

나의 인격이 그녀 앞에서 회복되다

나를 의료인으로서 가장 배려해주고 가장 친절히 대해준 그녀가 오른 손목에서 주사기를 뽑으려 할 즈음 나는 나의 존재감을 알리고 싶었다. "간호사님, 나는 (원로장로의 의미를 설명하며) 교회 원로장로요, 연세대 교육학 석사이며 39년간 서울시 초등학교 교사로 근무하다 교장으로 퇴임하였어요." 했다. 의료 행위를 하며 조용히 나의 말에 귀 기울여 듣던 그녀는 "참 대단하시고 훌륭하시네요." 하며 나를 인정해주었다.

전원주택 정문 봄 풍경

그녀가 나의 오른손을 치다

홍천 아산병원에서부터 한, 모서리가 둥글게 된 소변호스 고
정 밴드가 오랜 시간이 지나서인지 한쪽이 떨어져 있기에 다시
밴드로 고정시켜줄 것을 부탁하였다.

환자복 바지를 내리니 음모가 드러났다. 그녀는 아산병원에서
붙인 밴드를 조심스럽게 떼어내고 새 밴드를 붙이려고 하였다.
나는 부끄러움에 자유로워진 오른 손바닥으로 간호와 관계없는
음모를 살며시 가렸다. 그 순간 그녀는 그러한 나의 행위에 부
끄럽다는 생각을 하지 말라는 듯이 그녀의 왼손으로 툭 밀어 쳤

다. 그러니 오른손이 침대 시트 바닥으로 떨어졌다. 그녀는 참 의료인이었다.

그녀는 몸부림치다 접힌 소변호스도 새로 갈아 끼우고 비닐 팩으로 된 소변통을 투명한 사각 플라스틱통으로 바꿔주었다. 나는 환자가 아니라 건강한 사람이라는 듯이 퇴직 후 13년간 꾸준히 헬스도 해왔음을 말하고 보라는 듯이 가슴을 슬며시 내보였다.

본래 나의 모습으로 돌아오다

정말 나의 인격이 저 낭떠러지의 나락에서부터 본래 모습으로 돌아온 것 같았다. 환자가 아니라 건강한 나의 본래 모습으로 돌아온 것 같았다. 그녀가 소변호스도 새로 갈아 끼우고 흐름을 좋게 해서인지 잔뇨감으로 가득했던 나의 방광이 시원해졌다. 마음의 기쁨과 육체의 시원함이 잠을 불렀다.

탁월한 그녀의 간호

새벽녘 오전 근무자로 교대될 무렵 쯤 그녀가 오른팔 팔뚝 안 쪽에서 근질거리는 데를 시원하게 침을 한방 콕 놓듯 채혈을 하면서 "참 운동을 꾸준히 해서인지 근육이 좋은데요." 하였다. 나의 얼굴엔 마음으로부터 웃음이 환하게 가득해 왔다. 그녀는 다른 간호사와 달랐다. 주사 바늘 꽂은 자리도 피가 나오려는 곳에 거즈를 대고 밴드로 붙이고 하지 않았다. 그녀는 거즈를 대고 있다가 2, 3분 후 떼라고 하였다. 정말 오금을 펴니 아무 흔적도 없었다. 그녀의 모습이 밝고 환하게 떠오르며 그 밤이 지나고 아침이 왔다.

2

1월 23일 월요일, 입원 넷째 날

요나 같은 나

입원 넷째 날이 되어 사흘 밤 사흘 낮을 물 한 모금 없이 지나
다 보니 요나 선지자 생각이 났다. 하나님은 요나 선지자에게
자기 나라 이스라엘을 괴롭히고 심지어 북이스라엘을 멸망시킨
앗수르의 수도 니느웨(지금의 이라크 북부 지역)에 가서 '너희들이 회
개하지 않으면 40일 후에 너희들을 심판하신다.'는 하나님의 말
씀을 전하라 하였다. 그러나 자기 나라의 원수인 앗수르에 대해
민족적 감정을 갖고 있던 요나는 처음에 이 사명을 거부한다.
요나는 하나님의 징계를 받게 된 니느웨 반대편인 다시스(지금의
스페인 남부 연안에 있었던 도시)로 가는 배를 타고 도망갔다.

하나님은 온 우주 안에 충만하시고 어느 곳이나 계시는 분인
데 도망간다고 도망갈 수 있으랴. 요나가 탄 배에 풍랑이 크게

일자 선원들은 누구의 죄 때문인가를 알려고 제비를 뽑았는데 요나가 뽑혔다. 그들이 요나를 풍랑이 거센 바다에 던지자 풍랑이 잠잠해졌다. 이를 본 선원들은 하나님을 크게 두려워하였다. 바다에 던져진 요나는 큰 고기가 요나를 삼킨다. 하나님의 큰 사랑을 입은 것이다. 요나는 나처럼 아무 것도 할 수 없는 상황에서 사흘 밤 사흘 낮을 지내다 물고기가 그를 해변에 토해내어 살아날 수 있었다. 그는 잘못을 뉘우치고 하나님의 회개의 말씀을 니느웨에 가서 전했다. 왕을 비롯하여 온 국민이 베옷을 입고 회개하므로 하나님은 그들을 멸하지 아니하였다. 하나님은 자기 백성만 사랑하는 게 아니라 원수까지도 사랑하신다. 누구든지 회개하고 주 예수를 나의 구주로 고백하면 용서해주시고 구원으로 인도해주시는 분이 하나님이시다.

　큰 물고기 배 속 같은 병실에서 하나님이 나에게 주시는 메시지가 무엇인가 하는 생각이 들었다. 왜 내가 무엇을 하나님 말씀을 거역하고 불순종하고 있는가. 나는 나를 가만히 돌아보았다. 나 역시 요나처럼 큰 파도 같은 고난, 홍천에서 일산병원까지 기저귀를 차고 아래와 위로 혈변과 혈토를 하며, 가슴에는 세 개의 호스가 누르고, 양손은 못(주사바늘) 박히고, 고추에 호스를 꽂고 누운 채로 흔들리는, 일주일도 안 되어 세 번의 위 내시경과 x레이 촬영을 하는 이 고난이 무엇인가. 76 평생 입원 한번 안 해본 나에게 주어진 이 시련, 이 고통의 정체는 무엇인가. 퇴

홍천강에 사는 버들치

직하면 25년간 하나님께 올려드린 기도문을 정리하여 기도문집을 펴내려 하지 않았던가. 퇴직 후 5년이 지날 무렵 송 장로님께서, "기도문집을 펴낸다고 말씀을 하시더니 왜 주지 않으세요?" 하신 말씀이 생각났다. 사실은 25년간 드린 기도문을 아내가 몇날 며칠을 수고하여 파일로 만들어놓고, 서문도 다 써두고 하였다. 출판사에 맡기기만 하면 될 것을……. 그러나 기도문집은 읽히는 것이 아니라 하나의 기념집일 뿐 별 의미가 없는 것 같아서 출간을 하지 않았다.

하나님께서 나에게 '이번 7일간의 병상 생활을 통하여 얻은 것을 간증하여 나를 영화롭게 하여라.' 하고 말씀하시는 것 같았다. 졸업 논문, 현장 연구 발표 등으로 여러 번 논문은 써본 적이 있으나 책을 펴내는 것은 나에게 큰 도전으로 다가오는 것 같았다. 그래. 책을 펴내 하나님께 영광을 올려 드려야지.

담당의사를 추억하다

　결전의 날이 밝아왔다. 담당의사를 나흘 만에야 만난다. 나는 마음의 준비를 단단히 하고 이불을 등 뒤로 하여 기댄 채 있었다. 내 생애 처음 두려움 속에 받은 위와 대장 내시경을 검사한 의사였다. 나는 그를 어렴풋이 기억하고 있다. 작달만한 키에 얼굴이 동그란 모습의 그 의사.

결전의 시간

　그 의사가 인턴, 레지던트와 간호사들을 주욱 대동하고 개선 장군처럼 나타났다. 나는 혼자 환자복으로 응대해야 했다. 그러나 나는 앉은 자세에서 그는 선 채였다. 그러면 내가 상위에 있는 자세가 아닌가. '나는 교수님께 처음 위와 대장 내시경 검사를 받은 환자요, 오늘 4시에 이 질병이 의심스러워 교수님께 예약까지 한 사람'이라며 그의 단골 환자 손님임을 역설하면서 소변호스와 영양식호스도 이제 뽑았으면 좋겠고 밥이 먹고 싶다고 하였다. 그래서 호스는 빼기로 하고 그는 메모 수첩으로 나의 오른 어깨를 툭 치며 격려하는 듯한 제스처를 취한 후 나갔다.

드디어 자유를 얻다

30분이 지났을까 남자간호사가 와서 고추에 꽂은 소변호스를

빼는데 약간의 통증은 있었지만 4일 만에 자유로워진 몸은 날아 갈 것 같았다. 왼쪽에 있는 영양식호스는 양이 많이 남아있어서 거의 소진되면 빼는 것이 어떠냐며 단발머리를 출렁이는 활달한 '친구 같은 간호사'가 물었다. 나는 그러자고 하였다.

당당한 사람이 되다

나는 이제 스스로 대소변을 가리는 당당한 사람이 되었다. 그 녀가 어젯밤에 왼쪽 허벅지와 음모 사이에 붙인 반창고를 살살 아프지 않게 뗀 후 조무사를 불러 소변통도 치우게 했다. "나는 이제 화장실에서 대소변을 봅니다." 그러니 약간 조롱하는 듯 혹은 일거리가 없어진 아쉬움에서인지 심상한 어투로 "그래 보세요." 하였다.

자유를 만끽하며 왼쪽에 있는 링거대를 잡고 대소변을 한번 볼까 하여 침대를 내려서려는 순간 양다리가 후들거렸다. '걷기 힘들 걸. 그래, 한번 해봐.' 하는 듯한 조무사의 조롱섞인 말투의 의미를 알 수 있었다.

누우면 죽고 걸으면 산다

왜 이럴까! '누워 있으면 죽고 걸으면 산다.'라는 말이 절실하게 다가왔다. 나흘을 꼬박 한 발자국도 걷지 않은 결과였다. 아! 이렇게 영향이 클 줄이야. 걷기를 열심히 해야겠다는 생각이 들었다.

걷기 운동을 생활화

3일을 걷지 않고 누워 있으니 다리가 후들거림을 느낄 수 있었다. 특히 나이가 들면 칼슘이 빠져 나가 골다공증, 심장병, 뇌졸중 등 이러한 질병에 취약해진다. 걷기 운동은 뼈의 밀도를 높일 뿐 아니라 동맥경화증 등을 예방할 수 있고 나쁜 콜레스테롤도 낮추어준다. 그러므로 특별한 장비 없이 남녀노소 어디서

나 혼자서도 누구나 할 수 있는 운동, 걷기를 생활화하자.

걸으면 우리 신체가 그 효과를 가장 먼저 체험하게 된다. 걸으면 머리가 맑아지고, 기분이 좋아지며, 냉정하게 판단할 수 있는 여유가 생긴다. 그리하여 내 마음 속의 화를 사라지게 하여 몸도 마음도 건강해진다. 특히 숲에서 걸으면 숲에서 나오는 피톤치드가 몸도 마음도 가벼워지게 하고 상쾌한 기분을 느끼게 한다.

걸으면 얻을 수 있는 여섯 가지

첫째, 다리와 허리 근육이 강화되어 심폐기능이 향상되고 모세혈관이 발달하여 혈액의 흐름이 좋아진다.

둘째, 체내 지방의 감소로 몸에 활력이 생겨 만사가 즐겁다.

셋째, 햇볕도 쬐고 활동하면 밤에 잠을 잘 잘 수 있다.

넷째, 뇌를 활성화시켜 노화 예방을 할 수 있다.

다섯째, 음식의 소화가 잘 되어 몸의 컨디션이 좋아진다.

여섯째, 항상 즐겁고 마음의 안정을 찾아 이웃과도 잘 지낼 수 있다.

* 자기 페이스에 맞게 하루 30분 이상 걸어 행복한 일상을 보내시기를 기원합니다.

미국 요세미티 국립공원에서

병원 입원생활을 못 해본 사람들을 위한 입문서 · 7일간의 병원 입원생활기, 그리고 그녀

'햇볕'의 놀라운 효능 여덟 가지

햇볕 아래서 운동을 하면 효과가 배가 된다는 연구결과가 있을 정도로 햇볕은 우리 몸에 좋다. 특히 햇볕으로부터 나오는 자외선은 뇌기능 향상, 스트레스 완화 등 우리 몸에 도움이 되는 비타민 D를 생성하기 때문에 '자연이 주는 약'이라고도 불리기도 한다. 전문가들은 일광욕 시간으로 하루 20~30분이 적당하다고 한다. 햇볕이 우리 몸에 미치는 영향, 해외 온라인 미디어 라이프지에 소개된 '햇볕의 놀라운 효능 여덟 가지를 소개한다.

① 우울증 완화

햇볕을 받으면 우리 뇌는 평소보다 행복의 감정을 더 잘 느끼게 해준다. 햇볕이 행복의 분자 세로토닌을 더 많이 분비시켜 준다. 햇볕은 '자연 항우울제'이다. 행복해지고 싶나요? 그러면 실천하자.

② 암 예방

일반적으로 알려진 바에 의하면 비타민D 결핍이 다양한 암을 유발한다고 한다. 특히 유방암과 대장암을 증가시킨다고 하는데 캘리포니아 대학 연구원 프랭크와 세드릭 갈랜드는 암을 예방하는 가장 쉬운 방법으로 '햇볕 쬐기'를 권했다. 자외선을 받으면 비타민D가 피부를 통해 체내에 합성되기 때문이다. 암 걸리기 싫다면 실천하자.

③ 혈압 저하

햇빛은 혈압을 낮추는 데 큰 도움을 준다. 영국 에딘버러 대학 연구팀은 피부가 햇빛에 노출될 경우 피부에 산화질소가 생성되어 혈관이 확장되고 혈압이 낮아진다고 발표했다. 아울러 심장 마비와 뇌졸중의 위험도 낮아진다고 발표하였다.

④ 수면의 질 향상

낮에 햇빛을 충분히 받으면 약 14시간이 지난 뒤 수면 호르몬인 멜라토닌이 분비되어 깊은 잠을 잘 수 있다고 한다.

이 같은 이유로 불면증 환자를 치료하는 방법에 '햇볕치료'가 사용되기도 한다. 잠을 잘 못 자는 사람이라면 아침에 꼭 20~30분 정도 태양빛을 받도록 하라. 잠을 잘 자면 기분도 상쾌해지고 일의 능률도 오른다.

⑤ 뼈가 튼튼해진다.

우리 몸이 햇빛에 노출되면 비타민D 분비가 활성화되는데 이 비타민D에는 뼈에 좋은 칼슘, 인 등이 포함되어 있어서 뼈를 더욱 튼튼하게 만들어준다. 자외선이 강하지 않은 오전이나 늦은 오후에 걷기를 즐기며 건강을 향상시켜 보자.

⑥ 뇌기능 향상

햇빛을 통한 비타민D 섭취는 기억력과 인지기능을 담당하는 해마의 신경 세포 성장을 활성화시켜 뇌기능 향상에 도움이 된다고 영국 캠브리지 대학 연구팀이 밝힌 바 있다.

⑦ 면역력 강화
몸이 태양빛에 노출되면 질병과 싸우는 백혈구가 증가해 질병 감염으로부터 몸을 보호한다. 미리 미리 예방하자.

⑧ 치매 위험성 감소
비타민D가 조금 부족한 경우 치매 위험이 50~60%증가하고 많이 부족하면 120%까지 치매 위험이 높아진다는 연구 결과가 미국신경학회 학술지에 나왔다. 치매, 무서운 병이다.

* 그래도 햇빛을 안 받겠습니까

걷기를 하여 여섯 가지 좋은 점을 얻고 또 햇빛을 통해 여덟 가지 좋은 점을 얻어 햇볕 아래서 30분 걷기를 생활화하여 건강한 몸으로 행복하게 살아가자.

재물을 잃으면 조금 잃는 것이요
명예를 잃으면 크게 잃은 것이며
건강을 잃으면 전부를 잃는 것이니라

4인실의 좋은 점

여기 병실은 아주 잘 되어있다. 침대가 창가에 둘, 벽 쪽으로 둘. 모두 편한 상태다. 창가라고 좋은 것도 아니다. 추위와 더위를 타는 환자는 롤 스크린을 쳐서 햇빛을 차단해야 하는 번거로움도 있다. 외부로 나가지 않아도 되는 병실에 붙은 화장실, 그 맞은편에 냉장고와 조리대가 있는 10평 규모의 4인실 병실이다. 밤에만 조용하면 외로운 1, 2인실보다 낫다. 나는 4인실 선택을 잘한 것 같다.

환자가 교체되는 과도기 2

떨리는 두 다리로 화장실에서 바지를 내리고 앉았으나 먹은 게 없어서인지 소변만 시원히 나왔다. 그리고 나서 화장실 문을 잠그고 조심스럽게 벽에 기대어 혈변을 티슈로 닦기만 한 아랫도리를 걸치고 있던 바지를 벗었다. 샤워기로 깨끗이 씻으니 냄새가 사라진 것 같았다. 더욱 대인 관계에도 자신감도 생기고 상쾌해졌다. 마치고 들어오니 옆에 있는 골절 환자가 거의 치료가 끝났는지 목례를 하고 퇴실하였다.

맞은편 환자는 팀장이라 그런지 방문객이 많았다. 음료수 박스를 들고 온 방문객이 있어 그가 나간 뒤 누구냐고 물었더니 자기와 함께할 일자리를 부탁하러 왔단다. 나는 장비의 무게를 견디지 못해 다친 그를 위로하듯 '그 사람 왜소해 힘도 못 쓸 것 같던데.' 하니 그가 싱긋 웃음을 지어 보였다.

오후에는 그도 같은 질병을 가진 사람들이 모인 5층의 병동으로 옮긴다고 하였다. 그의 아내와 딸이 왔다. 딸이 아빠의 모습을 꼭 닮았다.

칭찬을 안 하면 괴로운 나

나는 칭찬할 일이 있으면 입이 간지러워 견디지 못한다. "옷이 참 잘 어울립니다.", "모자가 얼굴 모습과 잘 어울리네요.", "긴 부츠가 짧은 외투와 잘 어울립니다.", "웃는 모습이 참 예쁩

니다", "아기의 모습이 천사 같네요." 어떤 때는 도가 넘을 때가 있어 머쓱할 때가 있다 "루즈의 색깔이 잘 어울리네요.", "오늘 화장이 너무 예쁘게 되었네요." 등.

아름답거나 감동적이거나 마음에 와 닿으면 가만히 있기가 답답하다. 혹시나 기회를 놓치면 기억을 해두었다가 만나면 잊을까 칭찬부터 한다.

"말씀이 은혜스럽습니다.", "기도를 은혜롭게 잘했어." 80에 가까운 나이에도 바이올린을 연주하는 그의 열정에 매주 만날 때마다 나는 감동하며 하이파이브와 함께 최고야, 하며 엄지를 치켜세운다.

메일에 이런 글이 올라와 있었다

물질이 없어도 남에게 은혜를 베풀 수 있는 일곱 가지 방법

어떤 사람이 그의 스승에게 찾아가 '나는 하는 일마다 제대로 되는 일이 하나도 없으니 이 무슨 까닭입니까.' 하고 물었단다. 그 스승은 '자네가 남에게 베풀지 않았기 때문이니라.' 하였다. 그러자 그 사람은 '저는 아무것도 가진 게 없는 사람입니다. 남에게 줄 것이 있어야 주지 무얼 준단 말씀입니까.' 그러자 스승은 '아무 재산이 없다 하더라도 남에게 베풀 수 있는 일곱 가지는 있느니라.' 하시고 다음과 같이 말씀하셨단다.

첫째는 항상 사람을 만나면 얼굴에 화색을 띠고 부드럽고 정다운 '얼굴'로 사람을 대할 것이니라.

둘째는 '말'로써 얼마든지 남을 기쁘게 할 수 있으니 사랑의 말, 칭찬의 말, 위로의 말, 격려의 말, 양보의 말, 부드러운 말 등을 할지니라.

셋째는 착하고 어진 '마음'으로 자신의 마음을 활짝 열고 따뜻한 마음으로 남을 대할 것이니라.

넷째는 호의적이고 편안한 '눈빛'으로 사람을 대할 것이요,

다섯째는 '헌신적'으로 남의 짐을 들어준다거나 예의 바른 공손한 태도로 남의 일을 도와주는 것이요,

여섯째는 다른 사람에게 '자리'를 내주거나 양보하는 것이다.

일곱째는 오갈 데 없는 사람을 재워주거나 굳이 상대방이 말하지 않아도 그 사람의 마음을 헤아려 도와주는 것이니라.

말씀을 듣고 보니 너무나 베풀 것이 많았다. 그리하여 그 사람은 그러한 마음으로 사업을 하였고, 사업도 번창해 물질로도 많은 은혜를 베풀었다고 한다. 특히 오늘의 현대인들이 물질보다도 더 갈급해하는 것이 은혜의 말씀들이다. 하나님께서 말씀하신 '네 이웃을 내 몸과 같이 사랑하라.'는 이 말씀을 항상 가슴에

브라질 리우데 자네이로 예수상 앞에서

새기고 즐거운 마음, 기쁜 마음으로 위 일곱 가지를 실천하며 살아가야겠다.

병간호 잘하세요

그의 딸을 보고 '아빠를 닮아 참 예쁘구나.' '이렇게 아빠를 찾아오다니 참 효녀로구나.' 하는 칭찬을 잊지 않았다. 맞은 편 집사는 5층 병동으로 내려가고 그의 딸은 나를 보고 '병간호 잘하세요.' 하고 인사한 후 내려갔다. 이제 이 병실은 촌로와 나의 2

인실이 되었다.

시야가 확 트인 병실

모아 두게 된 소변통에 모인 소변의 색깔을 점검하고 기록한 뒤 버리러 온 조무사에게 옆 환자가 가려 놓은 커튼을 젖혀달라고 하였다. 커튼이 젖혀진 넓은 창을 바라보니 빌라를 지나 높은 아파트 뒤로 멀리 산등성이의 스카이라인이 보였다. 매일 산속에 둘려 지냈는데. 자연은 우리를 힐링해준다는 것에 생각이 미치면서 5층으로 내려간 집사의 말이 생각났다. 경기도는 아파트로만 연이어 건축하는 게 아니라 시야 확보를 위해 아파트 사이에 빌라를 사이사이 끼워 건축한단다. 참 좋은 발상이라 생각했다.

나의 대인 스타일

나는 다른 사람이 옆에 있을 때 가만히 있지 못한다. 가족이나 연인이면 이해하겠지만 무슨 원수가 진 것도 아니고 대화가 없으면 불안하고 불편하다. 언제나, 남녀노소를 막론하고 말이다. 대화로 잘 접근하는 그런 나를 보고 죽마고우 친구는 '수작을 아주 잘 거는데.' 하며 놀리기도 한다.

이집트 스핑크스 앞에서

촌로에게 다가가다

2인실이 된 병실이 조용해졌다. 건너 편 촌로의 옆에 그의 보호자 할멈이 앉아있었다. 대답도 없었던 촌로는 제쳐두고 나는 그 할멈에게 다가가 '어떤 병으로 입원하였어요?' 하고 물었다. 그러자 할멈이 발등이 부을 정도로 신장 계통이 좋지 않아 입원하였단다. 촌로의 이름이 '하영ㅇ'임을 이름표로 본 나는 우리 어머니하고 같은 성씨여서, 사육신으로 돌아가신 '하위지의 후손이군요. 우리 어머님도 진주 하 씨예요.' 하고 말했다. 또 어디 사느냐고 물으니 파주 금촌에서 왔단다. 아파트가 들어서 한

세 개의 국가가 만나는 지점(미얀마, 라오스, 태국)

창 개발되는 파주를 떠올리니 땅깨나 팔아 넉넉해 보였다. 나의
부름에 두 번이나 모른 척한 촌로의 할멈의 옷차림도 고상하니
할멈답게 잘 입고 있었다.

　나는 할멈에게 어르신을 두 번이나 크게 '어르신! 어르신!' 하
고 불렀으나 모른 척하시더라 하니 촌로가 "뭐, 뭐?" 하면서 내
게 가까이 올 때 그의 할멈이 '왼쪽 귀는 전혀 안 들리고 오른쪽
귀만 조금 들린다.' 하고 설명하였다. 그래서 할멈은 귀가 어두
운 영감과 대화가 힘들어 집에 있지 않고 경로당에만 간다는 말
까지 하였다.

용서의 그리스도 예수

나를 무시한 것이 아니라 그의 결손 때문이었구나 하는 측은한 생각이 들면서 함부로 혼자 오해를 말아야겠다. 모든 사람에게는 그 사람 나름대로의 형편과 이유가 있음을 늘 생각하면서 '역지사지'의 넓은 생각 넓은 가슴으로 남을 인정하고 이해하는 마음으로 살아야지, 용서의 예수그리스도처럼 그 마음 잊지 말아야지 하고 다짐했다.

나는 몸이 되다

저녁 가까이 되었을 무렵 왼쪽에 꽂힌 세 줄의 급식팩 중 두 줄은 끝났고 한 줄만 남아있어 친구 같은 간호사를 불러 주사기를 뽑아달라고 하니 뽑아주었다. 그래서 자유로운, 나는 몸이 되었다. 저녁이 되었고, 나흘 만에 급식이 나왔는데 풀을 쑨 듯한 죽 한 그릇, 콩나물은 건져내고 국물만 남은 콩나물국, 배김치 담고 김치는 들어낸 국물의 종지 하나, 약간의 소금이었다. 돼지도 돌아설 듯한 음식이었으나 나는 맛있게 한 방울의 남김도 없이 잘 먹었다. 할멈이 내 식판도 밖에다 내주었다.

세상을 구경하다

이제 약해진 다리에 힘도 붙이고 병동도 구경할 겸 걸어보기로 했다. 후들거리는 다리에 힘을 주고 흡사 돈키호테 같이, 개선 장군처럼 밖을 나섰다. 병실 앞에는 환자의 이름, 그 밑에는 병실 책임 담당 간호사의 사진과 함께 친구 같은 간호사의 이름이 붙어 있었다. 바로 앞에 간호사실이 있어 벨을 누르면 빨리 달려왔구나 싶었다. 병동을 왼쪽부터 도니 조무사들이 환자 머리를 감겨주는 세면대가 보였고, 좀 지나서 내가 있는 방 크기의 방에 2인실이 보였다. 그 환자가 생활은 넉넉한지 몰라도 심심해 보였다.

두 2인실 방 앞에는 'ㅇ마리아'라는 간호사 이름이 적혀있었다. 경제적으로 넉넉해 보이는 그 환자들의 입맛을 맞추기 위해 신실하고 친절한 간호사를 배치하였구나 하는 생각이 들었다. 조금 지나니 병동 라운지가 있었다. 둥근 테이블에다 벽걸이 TV에서 뉴스를 하고 있었다. 4일간의 세상 소식을 모른 채 지낸 나는 반가웠다. 그러나 여전히 '최순실' 얘기며 대선주자들 얘기 등 나흘 전과 별 다를 바가 없었다. 답답한 세상이었다. 벽에는 오늘의 수술환자 명단과 병명, 진료 및 수술 진행 상태를 모니터로 실시간 알려주고 있었다.

8ㅇ병동을 순회하다

병동라운지에서 나와서 그 옆을 도니 식판을 처리하는 곳이 보이고 8ㅇ병동으로 짐작되는 병동은 여성 환자가 많은 것 같았다. 돌아보니 그 병동 간호사실이 있었다. 또 코너를 도니 '일산 병원 간병인 없는 최초의 병원'이란 제목 하에 중앙일보에 게재된 기사내용이 스크랩 되어 게시되어 있었다.

그런데 이상하게도 목과 어깨 사이의 근육이 당기는 느낌이 들었다. 계속 목 돌리기를 하면서 돌아오는데 엘리베이터가 양편에 세 개씩 있는 로비가 있어 내가 이리로 이동용 침대에 실려 올라왔구나 싶었다. 이곳에는 인적 내왕도 없어 근육도 풀 겸 학교에서 학생들에게 가르쳤던 국민체조를 달밤에 체조하듯 하고 팔굽혀펴기도 20번인가 했다. 돌아다니면서 보니 내 병실까지 오는 복도에도 병실이 있었고 교수실이 있었다. 병동 건물이 삼각형으로 되어있고 삼각형 안쪽은 빈 공간으로 되어 있었다. 아마도 정화조, 오염수를 처리하는 공간 같았다. 나는 병동을 세 번 정도 더 돌고 들어왔다.

내 침실같이 조용하고 편안해진 밤

우리 병실은 2인실이 되어 조용한 촌로와 내가 있을 뿐이었다. 오늘 밤은 자유로운 몸으로 운동도 한지라 곤한 몸으로 잘 수 있을 것 같았다. 돌돌 말아 무릎 사이에 이불을 끼우고 아내가 집에서 가져다준 손베개에 오른손도 올리고 무릎을 약간 구부린 채 오른편 벽을 향하여 누워 나흘 만에 편안히 잠들었다.

배은망덕해진 나

고통에서 자유를 주려고 애쓴 그녀, 나의 인격이 낭떠러지에 떨어졌을 때 끝까지 경청하고 긍정까지 해보이며 본래의 상태로 올려준 그녀가 오늘 밤에도 밤 근무자가 되어 나를 찾아왔다. 그런데도 난 쳐다도 보지 않고 잠만 자고 있었다. 그녀는 곤한 나에게 이름도 묻지 않고 조용히 나의 왼팔을 부드럽게 잡아서 혈압을 재었다. 그녀는 아마도 등 돌린 내 모습을 보며 '얼마나 그동안 피곤했어요, 잘 주무세요.' 하며 나갔으리라.

4부

병원에서 만난 환우들과
추억속의 여인들

1월 24일 화요일, 입원 다섯째 날
1월 25일 수요일, 입원 여섯째 날
1월 26일 목요일, 일곱째 날 이별과 퇴원의 날

1
1월 24일 화요일,
입원 다섯째 날

촌로가 다가오다

아침식사는 엊저녁과 똑같았다. 그의 할멈이 어제같이 식판을 갖다 두었다. 식후 조용한 병실에서 그의 할멈도 가고 심심해서 인지 그가 다가와 보호자의 의자를 끌어다 내 침대에 붙였다. 그러고 나서 둘뿐인 병실에서 그와 나는 긴 대회를 큰 소리로 시작하였다.

촌로의 과거

내가 먼저 땅깨나 가진 듯한 그에게 "금촌이 많이 개발되어 부자시겠네요." 하니 그는 그의 과거를 부끄럼 없이 전부 털어놓았다.

그는 집안이 너무 가난하여 초등학교도 겨우 졸업하고 땅도 한 평도 없어 군지(군소유의 땅)를 경작하며 겨우 생활을 유지하였단다. 그러다 그는 초등학교 소사(지금의 기능직 교육공무원)로 들어가 학교 지붕도 고치고 학교의 허드렛일을 다하였다고 한다. 그 후 그는 수년간 환경미화원으로 취업하여 근무하다 퇴직하였단다. 요사이는 환경 미화원도 공무원이요 일정 연한의 퇴직 후 연금도 수령하는지라 건강하고 대학졸업자까지 응시하는 직종이 되었다.

"그러면 연금이 나오겠네요." 하니 자기들 근무 당시에는 연금제도가 없었다고 하였다. 그러면 땅도 없고 연금도 없어, 저축한 돈도 없을 것 같아 어떻게 생활하느냐 물었더니 매월 큰아들이 100만 원, 작은아들이 100만 원 주어 200만 원으로 생활하는 데 큰 어려움은 없다고 하였다. 그는 초등학교 출신이지만 '자녀들은 참 잘 가르쳤구나.' 하는 생각이 들어 그의 손을 붙잡고 (그는 나보다 6살 위였다.) '형님! 어떻게 그렇게 자녀를 잘 가르쳤어요.' 하며 찡한 마음으로 보기 드문 효자를 두셨다고 하고 그의 어깨를 두드리며 감격해했다. 어떤 사람이 월 50만원 지출이 아까워 노모를 제주도에 버리고 왔다고 한 지난 뉴스가 생각났다.

덴마크 안델센 동상 앞에서

촌로의 효자 아들들

사실 1,000만 원을 벌어도 부모에게 100만 원 떼어서 준다는 것은 어렵다. 그러면 자녀들이 무슨 일을 하느냐고 물었다. 큰아들은 악기를 제조하는 공장에서 근무하며, 작은아들은 가게를 세 얻어 마포에서 종업원 몇을 거느리고 슈퍼마켓을 내어 일하고 있다고 하였다. 내 짐작에 300~400만 원도 벌기 어려울 텐데 하는 생각이 들며 자녀들의 보기 드문 효심에 눈시울이 뜨거워져 올랐다. "자녀교육은요?" 하고 물으니 둘 다 고등학교까지 보내었다고 한다. 그래도 나는 그가 세상에서 제일 행복해 보였다.

성공한 자녀를 둔 부모의 습관

가정의 보물인 자녀를 성공적으로 이끌어 내기 위해 부모는 다음과 같은 점에서 모범을 보인다고 한다. 즉 성공한 자녀를 둔 부모의 습관이랄까. 부모는 자녀들의 거울이기 때문이다.

1. 부모 자신부터 수수하지만 깔끔하도록 항상 외모에 신경을 쓴다.
2. 부모는 항상 긍정적인 말을 하며 깊은 생각을 한다.
3. 남을 헐뜯거나 허물을 들추어내지 않는다.
4. 긍정적인 호칭을 사용하고 말의 모범을 보인다.

5. 자녀를 이해하고 스트레스를 풀어주며 함께 놀아준다.
6. 좋아하는 음식을 해주고 작은 일에도 칭찬을 해준다.
7. 단점보다 장점을 보고 자녀의 친구들에게도 관심을 가진다.
8. 자녀가 좋아하는 것을 존중해준다.
9. 성적이 오르지 않는 원인을 파악하며 긍정적 기대감을 가지고 자녀의 능력을 믿어준다.
10. 기쁜 아침을 만들어주고 식사 때는 기분 좋은 얘기만 한다.
11. 항상 책읽기를 즐겨하며 자녀에게 글을 쓰고 무슨 일이든 함께 계획을 세운다.
12. 항상 자녀의 꿈을 키워준다.

제사상 차리기를 한사코 거부하는 촌로의 아내

그러면서 촌로는 설이 내일 모레인데 요사이 자기 할멈이 제사를 드리려 하지 않는다는 말을 하며 인타깝다고 했다. 자기가 지난 금촌 장날에 밤과 대추는 미리 장만해 두었다고 했다. "제사 준비가 싫다면 제사상 준비를 대신해주는 데가 있는데……." 하니 거기에는 정성이 없단다. 나도 이 말을 하고 반성했다. 어려운 생활비에 30~40만원씩 하는 제사상 얘기를 하다니.

러시아 스탈린 석상 앞에서

촌로 부모님의 산소가 서석면에 있었다

촌로는 제사상 얘기를 하며 본래 부모님과 같이 살던 곳이 홍천군 서석면이라고 했다. 거기에서 초등학교를 나왔고 부모님 산소도 그곳에 있다고 하였다. 전원주택지에서 나도 드라이브 할 겸 지나다닌 적이 있는 그 초등학교는 새 건물로 바뀌었지만 아직도 있다. '나는 동면에 전원주택을 지어 살고 있으며 서석면을 가려면 홍천읍에서 내가 사는 곳을 지나가야 하니 산소 갈 일이 있을 때 들르라'고 하면서 그에게 동면 주소가 적힌 나의 명함을 건넸다. 그는 내 명함을 보더니 그의 안주머니에 깊숙이 넣었다.

40~50대의 병실에서 70~80대의 병실로 바뀌다

12시가 좀 지났을까. 비어있는 자리에 동시에 두 환자가 들이 닥쳤다. 침대에 누인 채였다. 내 맞은편 환자는 알고 보니 나보다 한살 어린 1943년생인데 대장암 말기 환자로 선고를 받고도 3개월을 더 버티고 있단다.

팔목 양쪽에는 주삿바늘이, 가슴에는 세 가닥의 호스가 달려 있었다. 그밖에도 기저귀를 차고 있었고 소변호스를 달았고, 코에는 산소공급기가 달렸다. 이렇게 온몸에 의료기기를 주렁주렁 달고 입은 벌린 채 숨을 헐떡거리고 있었다.

내 옆에는 1941년생으로 위암 말기 환자란다. 그는 선고를 빋고 죽음을 차분히 기다리던 중 소변이 막혀 갑자기 응급실을 거쳐 여기로 왔단다. 나는 1942년생으로 그들과 나이는 비슷하지만 그들보다 건강해 감사의 맘이 들었다.

바뀐 보호자의 행태

형님인 촌로의 할멈은 거의 그의 곁을 지켰다. 이처럼 남편을 위하는데 남편의 부모를 위해 제사상을 차리려 하지 않는다는 그의 말이 거짓인 것처럼 느껴졌다.

나의 왼편 위암 환자의 보호자는 허리보호대를 차고 있었는데 어찌나 뚱뚱한지 의자에 몸이 꽉 차 빼기도 곤란해 보였다. 들어오자마자 누구한테 전화하는지 힘들어 죽겠다고 하였다. 그 뒤 내가 퇴원할 때까지 위암 환자에게는 아무도 찾아오지 않았다. 점심이 들어왔다.

나는 당근을 썰어 넣은 죽에다 가자미 구이, 메추리알 장조림, 깍둑 썬 두부, 무국을 먹었다. 싱겁지만 진수성찬이었다. 맞은편 환자는 호스로 영양식이 공급되고 있었다. 위암 환자의 보호자는 환자가 먹어야 할 점심을 다 먹고 있고, 환자는 먹는 아내의 모습을 물끄러미 바라보고 있었다. 먹고 싶어도 새끼에게 먹이 주듯 하는 그의 모습, 나는 그의 아내가 보호자라기

병원의 점심 식사

보다 야속한 타인으로 보였다. 그는 절대적 돌봄이 필요한 위암 환자이기 때문이다.

대장암 말기 환자의 보호자 아내

대장암 말기 환자의 보호자는 환자가 입실 후 두 시간 여 지났을까 그의 딸과 함께 들어왔다. 딸은 환자 가까이 앉고 턱 하니 들어온 그의 아내는 시계가 걸려있는 병실 중앙에 기대서더니 '대학까지 나온 사람이 저렇게 누워있다.'고 하였다. 은근히 주위를 무시한 채. 나는 마음속에 조소가 일었다. 대학까지 나온 우리나라 제1의 갑부, 삼성그룹 회장도 병으로 누워있지 않은가, 뭐 대학 나온 일이 그리 대단하다고……. 그 보호자의 천박함이 느껴졌다. 그러면서 나는 83세 된 초등학교 출신의 촌로

가 더 훨씬 행복해 보였다. 병은 남녀노소, 빈부귀천, 학위고하
가 없다고 한마디 하고 싶었다. 그러면서 나는 '같은 놈' 시리즈
가 생각났다.

같은 놈 (평준화) 시리즈

50대   배운 놈이나 안 배운 놈이나 똑같다. - 학력의 평준화
        이 나이가 되어 어울리다 보면 모두 주위들은 상식으로
        무슨 말이든 한마디씩 다 한다. 그러니 배운 놈이나 안
        배운 놈이나 똑같은 말들을 하고 지낸다.

60대   잘생긴 놈이나 못생긴 놈이나 똑같아진다. - 인물의 평
        준화
        잘생긴 놈도 못생긴 놈도 늙기는 마찬가지, 잘 생겨봤
        자 목에, 얼굴에, 눈가에 주름이 주글주글. 싱싱한 젊
        은이 옆에 서면 그놈이 그놈이다.

70대   강한 놈이나 안 건강한 놈이나 똑같다. - 건강의 평준화
        70대 되어서 건강해봤자, 아이고 다리야, 허리야, 눈이
        안 보이네, 질겨서 못 먹겠네 등등 건강한 놈이나 그렇
        지 못한 놈이나 병원에 다니는 것은 마찬가지.

80대   있는 놈이나 없는 놈이나 똑같다. - 재산의 평준화
        있다 해봐도 아픈 몸이라 여행을 마음대로 다닐 수 있
        나, 마음대로 먹을 수 있나, 연애를 할 수 있나, 있는

놈이나 없는 놈이나 똑같은 신세.

90대 죽은 놈이나 산 놈이나 똑같다. - 생사의 평준화

걷지도 못하고 만나지도 못하고 찾아갈 수도 없고 등을 바닥에 착 붙어 사는 신세, 죽은 놈이나 산 놈이나 똑같다.

100대 산에 누워있는 놈이나 집에 누워있는 놈이나 똑같다.

- 사는 곳의 평준화

보호자의 태도

그 보호자를 나는 처음에 대장암 말기 환자의 큰며느리 정도로 알았다. 그런데 알고 보니 아내로서, 10세나 어리다고 하였다. 그는 '산 사람이나 살아야지 저렇게 나를 괴롭힌다.'라고 하였다. 나는 본처는 돌아가고 후처인가 싶었다. 딸은 아픈 마음으로 환자 곁에 있었다. 이 환자는 본래 이 병원에 입원했다가 퇴원 후 집에서 간호했는데 너무 힘들어 요양병원에 한 달 전쯤 위탁하였다고 했다. 잘해줄 것 같던 그 요양원에서 환자에게 고함도 지르고 기저귀 가는 등 몸을 가눌 때에도 노리개처럼 함부로 대할 뿐만 아니라 욕창까지 커다랗게 생겨 다시 이 병원으로 왔다고 하였다.

강원도 강촌 구곡폭포 앞에서 장로님들과

보호자의 모습

그는 활달해 보였고 작고 둥근 얼굴에 파마를 하고 귀고리를 걸고 있었다. 눈은 매가 먹잇감 찾는 듯 매서웠다. 따뜻한 재질의 짙은 브라운 색의 줄이 있는 옷감으로 만든 치마와 재킷을 입고 무릎 조금 아래까지 오는 가죽 부츠를 신었다. 가방은 요사이 명품이라는 복주머니처럼 생긴 반짝이가 박힌 노르스름한 들거나 맬 수 있는 가방을 들고 있었다. 그는 금방이라도 어디에 전화를 걸 것처럼, 스마트 폰을 꼭 쥐고 있었다. 그러다 그의 보호자는 언제 사라졌는지 바람 빠지듯 사라졌다.

홍천강 꽁꽁 축제

다시 조용해진 병실

저녁으로는 호박죽에다 맛있어 보이는 반찬이 나왔다. 나는 가정에서도 언제나 음식을 주면 많이 주면 많이 주는 대로 적게 주면 적게 주는 대로 남김없이 먹어 뒤처리가 깨끗하다. 병실이 조용해졌다. 간호사가 들어와 내일 오전에 위내시경 검사가 있으니 9시 이후에 아무것도 먹지 말란다. 알았다고 하였다. 두 손을 깍지 끼워 머리에 댄 채 누워 위암, 대장암 환자를 떠올리며 70대에 이르는 동안 누적된 질병의 요소들이 지금 병으로 나타나는 것 같았고 이제는 죽음을 바라보는 나이구나 하는 생각이 들었다. 어렸을 적부터 환경, 자세, 운동, 섭취하는 음식에 대한 작은 습관과 태도가 병이나 건강으로 이어지는 것 같았다.

젊어지는 습관 열다섯 가지

사람은 누구나 건강하고 젊게 살기를 원하지만 노력은 하지 않으려고 한다. 하나하나의 나쁜 습관이 모여 질병으로 이끄느냐, 하나하나의 좋은 습관이 젊고 건강하게 하느냐 하는 것은 여러분의 마음먹기에 달렸다. 힘든 것은 하나 없다. 건강하고 젊게 살기 위해 조금이라도 노력하면 우리 생활이 즐거워질 것이다.

① 아침에 일어나기 전 기지개를 켜자

아침에 일어나기 전 기지개를 켜는 것은 전신 스트레칭으로 근육과 신경을 자극해서 몸속의 혈액을 골고루 순환시키는 데 큰 도움을 주고 기분과 몸을 상쾌하게 한다.

침대에서 벌떡 일어나는 것은 나이가 들면서 갑자기 혈관이 막히는 치명적인 결과를 가져올 수 있다. 그러니 눈을 뜨자마자 벌떡 일어나지 말고 쭉 기지개를 켠 후 일어나는 습관을 들이자.

② 적게 먹기

무조건 적게 먹는 것이 아니라 자기에게 알맞은 소식이 필요하다. 각 영양소가 들어있는 식단을 기본으로 맵거나 짠 것 등 자극적인 음식은 피하고 채소는 끼니마다 먹도록 한다. 꼭꼭 씹어 먹는 습관이 위에 부담을 덜어주고 소화도 잘 되며 포만감도 더 준다. 덜 먹으면 발걸음도 가볍고 정신도 맑아진다.

③ 필수 영양소 잘 챙겨 먹기

한 매체에 소개된 한국인이 꼭 먹어야 할 10대 음식으로 마늘, 콩, 고등어, 호두, 보리, 부추, 김, 달걀, 버섯, 풋고추를 소개한 적이 있다. 이런 음식은 구하기도 쉽고 값도 저렴하니, 이 음식을 중심으로 우리 몸에 필요한 영양소를 잘 챙겨 먹자.

④ 최대한 자주 머리 사용하기

머리는 정밀한 기계 같아서 쓰지 않고 내버려두면 기계에 녹이 슬듯 점점 퇴화하기 마련이다. 일상생활에서 머리 쓰는 습관을 들여야 한다. 스마트폰에 의지하기보다 머리로 암산도 하고 암기하는 습관을 들이는 것이 좋다. 그리고 TV 시청도 하루 두 시간 넘지 않게 하고, 대신 책을 읽거나 글을 쓰는 습관을 들이자.

⑤ 낮에 15분 정도 낮잠 자기

피로는 쌓인 즉시 풀어야지 조금씩이라도 쌓아두면 병이 된다. 눈이 자기도 모르게 스르르 감긴다면 바로 몸이 피곤하다는 뜻이다. 잠이 올 때 자는 짧은 낮잠은 피로를 풀어주고 기분도 상쾌해지며 오후를 활기차게 보낼 수 있도록 해준다. 어디서나 잠깐이라도 잠을 붙이자.

⑥ 정기검진하기

우리나라의 의료보험 체계는 세계 각국이 부러워하고 있다. 그런데 우리가 병에 걸렸는지 아닌지는 의사가 아닌 우리로서는 알 수가 없다. 2년마다 나오는 정기검진은 물론, 몸에 이상이 느껴지면 미리 검진을 받도록 하자. 병에 걸린 후 병원에 가면 병원비도 많이 들고 고생은 고생대로 한다. 그러다 보면 젊음도 잃게 된다.

⑦ 나만의 취미생활

스트레스는 만병의 근원이라고 한다. 하지만 살다 보면 우리는 스트레스를 받게 된다. 그러니 스트레스를 받더라도 나만의 스트레스 해소방법으로 바로바로 풀어주자. 자신만의 마음을 다스리는 방법을 터득하고 자신만의 취미생활을 해보자. 또한 즐길 거리로 즐긴다든지 하면 생활도 활기차고 마음에도 여유가 생겨 즐거운 삶이 될 것이다.

⑧ 음식은 10번 이상 씹어 삼키기

의사들이 말하는 것처럼 30번을 씹으면 제일 좋다. 그러나 어렵다면 10번이라도 꼭꼭 씹어 먹자. 육류 같은 고기는 더 씹어야 한다. 라면을 먹을 때도, 국수를 먹을 때도, 짜장면을 먹을 때도 10번은 씹어야 위에서 자연스럽게 소화시킬 수 있지 않겠는가.

⑨ 아침식사를 하고나면 화장실에 가기

현대인의 불치병인 변비를 고치기 위해서라도 아침식사 후 무조건 화장실로 가자. 화장실에 앉아서 배를 마사지하면서 3분 정도 기다리면 변의가 느껴진다. 이렇게 습관을 들이면 배변 습관은 자연스럽게 따라올 것이다.

⑩ 식사 3~4시간 후 간식 먹기

조금씩 자주 먹는 것은 장수로 가는 지름길이다. 점심식사 후 출출한 느낌이 들면 과일이나 가벼운 간식거리로 속을 채워준다. 그러면 저녁에 폭식도 하지 않고 위에 부담을 덜 주게 된다.

⑪ 괄약근 조이기 체조 즉 케겔 운동하기

괄약근 운동은 언제 어디서나 조용히 할 수 있는 운동이다. 출산 후 몸조리를 할 때나 갱년기 이후 요실금, 변실금이 걱정될 때 이보다 좋은 운동은 없다. 바르게 서서 괄약근을 힘껏 조였다가 3초를 유지하고 풀어주는 동작을 반복한다.

⑫ 하루에 10분씩 노래 부르기

스트레스를 받거나 머리가 복잡해지면 좋아하는 노래를 부르자. 노래 부르기는 기분을 상쾌하게 하고 대인기피증이나 우울증 치료에도 효과가 있어 정신과 치료에도 쓰이는 방법이다. 평소에 집안일을 하면서 노래를 흥얼거리는 습관은 마음을 젊고 건강하게 한다.

⑬ 샤워 후 물기 닦지 않기

피부도 습기를 머금고 숨을 쉴 시간이 필요하다. 닦는 수고도 덜고 저절로 마를 때까지 내버려 두라. 이 시간에 피부는 물기를 빨아들이고 탄력을 되찾는다.

⑭ 밥 한 숟가락에 반찬은 두 젓가락씩

국에 말아먹거나 찌개 국물로 밥을 넘기거나 간장, 고추장에 비벼 먹는 것은 건강에 좋지 않다. 자신의 식습관을 살펴보고 밥 한 숟가락에 반찬을 싱겁게 하여 두 젓가락씩 먹는 습관을 들이자. 그렇게 하여야 영양도 골고루 섭취할 수 있다.

⑮ 매일 가족과 스킨십하기

아기들만 엄마와 스킨십을 해야 건강하게 자라는 것은 아니다. 어른들도 적당한 스킨십이 있어야 정서적으로 안정되고 육체적으로도 활기차게 된다. 스킨십을 자연스럽게 하는 부부는 그렇지 않은 부부보다 최고 8년은 더 젊고 건강하다고 한다. 연애할 때처럼 자연스럽게 손도 잡고 뽀뽀도 하고 안아주는 생활습관이 부부를 건강하게 만든다.

* 이러한 작은 습관과 실천이 질병으로부터 멀어지게 하고, 활기차고 젊게 살아 가는 원동력이 될 뿐더러 아름다운 세상, 행복한 세상을 만들어 갈 것이다.

새집

낮에도 병동 라운지며 병동을 돌았는데, 저녁을 먹고 나서도 소화도 시킬 겸 뉴스도 볼 겸 침상에서 내려섰다. 나를 본 대장 암 말기 환자는 음료수 한 통만 빌려 달랜다. 그의 보호자가 오면 갚겠다고 하면서. 나는 소화기계 질병 환자라 줄 게 없다고 미안해했다. 그러면서 그의 보호자가 낮에 냉장고에 무엇을 차곡차곡 넣는 것 같아 냉장고 문을 열어보았다. 그랬더니 문 아래쪽에 그에게 먹일 밑이 넓적한 유동식 팩이 빽빽이 놓여있었고 제일 위에는 비닐에 싸인 요구르트 다섯 개가 든 것이 보였다. 그중 한 개를 끄집어내어 뜯어서 그의 팔을 붙잡고 조심스럽게 입에 넘겨주었다.

한 모금 마셨을까. 마시다 멈춘 것 같아 그의 산소공급기 위에 올려놓았다. 먹지도 못할 걸 뭘 그렇게 쌓아둘까, 보호자가 먹여주지도 않으면서. 예전에 있던 요양원에서 재어놓은 것을 가져와 유효 기간은 안 지났는지 모를 일이다.

환자가 쇠약해지는 과정

그의 팔을 붙잡았을 때 팔 위쪽이 물컹하며 앙상하고 긴 뼈만 잡혔다. 암환자는 누워있는 동안 장딴지 살이 빠지고 허벅지 살이 빠지고 팔 아래쪽 살이 빠지다가 엉덩이 살도 빠지고 갈비뼈 쪽 살도 빠지고 얼굴 살도 빠지고 그러다 죽음에 이르는 것 같다.

어제와 같이 운동을 하다

힘이 빠진 다리에 힘을 붙이려고 병동을 뱅뱅 돌았다. 어제 하던 국민체조도 하고 쪼그려 앉았다 일어서기도 20번 가량 하다보니 힘들어 어제같이 병동 라운지에 가서 뉴스를 보았다. 촌로의 할멈도 거기에 앉아 뉴스를 보고 있었다. 나는 촌로 할멈을 보고 "형수님!" 하고 불렀다.

형수님의 제사 거절 사유

"형수님, 형님이 그렇게 제사를 지내자고 하는데 왜 안 지내셔요?" 하니 지긋지긋하게 평생을 제사를 지내왔단다. "그래도 형님도 나이가 많지 않아요, 살면 얼마 살겠어요. 비위를 잘 맞춰 드리세요." 하니 자기도 몸도 아프고 온몸이 쑤시고 아파서 이젠 더 이상 할 수 없단다. 그래서 나는 농 비슷하게 "조상님이 복을 안 주시면 어떻게 하려고 해요." 하니 평생 지나도 땅 한 마지기도 없이 자식에게 준 유산이라곤 고등학교 공부 가르친 것뿐이란다. 그것도 위 두 딸은 중학교밖에 못 가르쳤단다.

자식에게서 생활비를 받을 뿐 복은 무슨 복이냐며 제사와 복은 아무 관계가 없다는 듯 말하였다. "형수님은 그렇게 형님 병간호하느라고 다른 보호자는 와있지 않아도 형님을 잘 모시던데요." 하니 그렇지 않으면 집에 가서 끝없는 잔소리와 야단을 듣는다고 하였다.

촌로 할멈의 두 딸 얘기

나는 형제뿐인 줄 알았는데 위에 두 딸이 있다고 하여 궁금해 물어보았다. "그러면 2녀2남을 두셨군요." 하니 그렇단다. "그러면 딸들은 어디 있어요?" 물었다. 큰딸은 포항으로 시집가 두 손자를 낳고 남편과 잘살았는데 그만 교통사고로 돌아갔단다. 딸이 지금까지 살아있으면 올해 60일 텐데 하며 할멈은 말끝을

흐린다. 사위는 재혼도 하지 않고 두 손자를 잘 키웠고, 손자를 보고 싶어 하면, 집에도 손자들이 다녀간다고 하였다. 둘째딸은 세종시에 살고 있었는데 자기한테(친정집) 왔다가 집에 돌아가면서 둘째딸도 교통사고가 나 죽었다고 하였다.

참 교통사고가 무섭다는 생각이 들었다. 어떻게 한 가정에서 둘이나 나란히 교통사고로 죽었을까, 측은한 맘이 들었다. 나도 홍천을 오갈 때 운전 조심을 해야 되겠다는 생각이 들었다. 그러면 그 사위와 손자는 지금 어떻게 지내냐 물으니 거기에는 손자, 손녀가 있는데 사위는 재혼을 했단다. 손자, 손녀가 보고 싶어서 놀러 보내라고 하여도 절대 보내지 않아 너무나 보고 싶다고 하면서 눈물을 훔치는 것 같았다. 나는 형수님의 어깨에 손을 살며시 어깨동무하듯 하며 토닥거려주었다.

형님과 형수의 결혼 이야기

어렸을 적 형수네 집안도 무척 어려웠단다. 어머니가 일찍 돌아가시고 아버지는 밖으로 나돌고 하여 눈물로 세월을 보내다시피하고 본인은 초등학교 졸업도 못하였다고 한다. 열일곱 살에 스무 살인 형님과 결혼하였는데 형님 집안은 논때기 한 평도 없는 어려운 집안이었다고 하였다. 그래도 형님이 남의 논밭이라도 부쳐 일하고 자기도 남의 집에 품을 팔며 겨우 겨우 먹고 이때까지 살아왔는데 형님은 술과 여자를 좋아해 돈이 모일 여유도 없었단다. 형수님은 형님이 지긋지긋하고 얄밉다고 하였다. "그런데도 형수님은 지금 어느 부잣집 마나님 같아요. 형님도 미남이시고, 두 아들을 얼마나 잘 길렀어요. 어려운 형편에 꼬박꼬박 200만 원 씩 주는 아들이 어디 있어요. 지금은 형님도 건강하시고 효자 두시고 형수님이 세상에서 제일 행복합니다." 하고 그를 위로하며 손도 어루만지고 하며 격려를 하였다.

사실이다. 이런 행복한 노후가 어디 있으랴. '형님이 그렇게 얌전해 보이는데 술 먹고 한두 명도 아닌 여자들과 놀아나다니……' 나는 속으로 우리 집 수탉들이 생각났다. 이것들은 6개월도 안된 것 같은데 싫다는 암탉들을 너무 괴롭혀서 내가 가로막을 때도 있다.

우리 집 수탉들

'초등학교 출신에다 살림도 어려운 형편에 그렇게 바람을 펴 형수를 괴롭히다니.'라는 생각이 들며 우리 집 수탉들 생각이 났다. 이것들은 병아리 적부터 잘 지내다가도 머리를 꼿꼿하게 세워 우열을 가리는 행동을 한다. 수탉들은 열 마리가 있으면 1위부터 10위까지 힘의 서열이 매겨진다. 그러다 한 놈이 먹히거나 없어지면 그 다음 서열의 닭부터 순위가 승계되는 것이 아니

라 없어진 그 뒤부터 다시 서열 싸움을 한다. 그러고 나서 다시 복종과 우위의 서열이 매겨진다. 거기에 따라 모이를 차지하는 일, 암탉을 거느리는 일, 좋은 자리에 앉는 일 등이 결정된다.

수컷은 인간도 마찬가지

수컷 남자도 수탉의 행태와 같은 것이 머리에 박혀있다. 남자 열 명이 모이면 나이의 고하, 그 직장의 직위 고하, 지적 능력(학력), 경제적 능력, 체력적 능력을 모두 합산하여 머릿속에서 재빨리 계산하고 그 순서에 의하여 상석과 아래 석이 결정되어 죽 둘러앉는다. 이처럼 남자들에게는 동물들의 본성이 그대로 남아있다. 그뿐만 아니라 여자를 사이에 둔 남자들의 싸움은 수탉의 피 흘림에서 끝나는 것이 아니라 죽음을 부르는 것을 우리는 종종 매스컴을 통하여 접하게 된다.

두 마리의 수탉과 열다섯 마리의 암탉들

몇 년 전 우리 집 닭장 우리에는 암탉 열다섯 마리와 꼬리가 잘 생기고 검붉은 수탉과 검정 수탉이 있었다. 수탉 한 마리가 암탉 열다섯 마리를 거느려야 그의 욕구를 충족할 수 있단다. 그런데 검정 수탉은 6개월인가 늦게 태어났다. 틈을 노려 검정 수탉이 교미를 한번 하려고 하는 순간에 금방 검붉은 수탉에게 발각되어 쫓기는 수난을 면할 수 없었다. 그뿐만 아니라 뒷산에 풀어놓아도 암탉들은 거의 잘생기고 힘센 대장 수탉 뒤만 졸졸 따르며 검정 수탉에게 전혀 기회를 주지 않으려 한다. 검정 수탉은 언제나 암탉 근처를 맴도는 처량한 신세가 된다. 닭장에서도 암탉들의 똥이 떨어지는 아래에서 자는 신세이다.

암탉들의 개성

닭이라고 하여 모두 똑같은 것이 아니었다. 암탉들을 보면 열다섯 마리 중 여덟 마리 정도는 대장 수탉을 잘 따라다닌다. 그러나 다섯 마리 정도는 중간지대에 있으면서 가끔은 검정 수탉에게 잡혀 교미를 허락하기도 한다. 그런데 두 마리는 거의 교미도 허락하지 않고 혼자 돌아다니며 먹이도 대장이 찾아주는 먹이를 얻어먹지 않으며 스스로 먹이를 찾는다. 그 닭은 다른 암탉들보다 몸매도 깨끗하고 혼자 즐기는 습성이 있었다. 평상시와 같이 혼자 즐기던 암탉은 매가 내려와 발톱으로 잡으니 꼼짝도 못하고 머리를 처박고 도망갈 엄두도 내지 못했다. 매가 그의 등에 올라타 목숨 줄을 끊으려는 순간 아내가 발견하고 매를 쫓아내었는데도 그 암탉은 기절 한 것처럼 한동안 일어나질 못했다.

옛말에 호랑이에게 물려가도 정신을 차리면 살 수 있다는 말이 생각났다. 그 암탉은 매가 들이닥치니 혼비백산하였다. 가끔은 매에게 잡혀 죽는 닭들이 있는데 발견하면 잡는 수고로움도 없이 우리가 먹지만 발견 못하면 매가 다 먹어 치운다.

잘생긴 수탉의 리더십

잘생긴 검붉은 수탉은 항상 암탉들을 꼬꼬꼬 하며 잘 거느릴 뿐만 아니라 매우 헌신적이다. 먹을 것이 있으면 암탉을 먼저 불러 먹인다. 그렇게 하고도 그 수탉은 건장하다. 양 발톱으로 언제나 암탉에게 먹일 모이를 찾아 헤매고, 매나 독수리의 위험이 있으면 '꾸르르.' 하며 적의 위험으로부터 항상 보호를 한다.

못된 사람보다도 더 훌륭한 수탉이다.

반란이 일어나다

세월이 1년쯤 지났을까 3도 4촌의 생활을 하는 우리는 이곳에 오면 제일 먼저 닭장 알을 꺼내오는 일, 모이 주는 일, 물 주는 일을 먼저 하고 방으로 들어간다. 그런데 그날 수탉 두 마리의 몸에는 기름을 바른 듯하였다. 이상하다 싶어 살폈더니 벼슬에서 흘러내린 핏물로 뒤집어썼던 것이다. 그렇게 쫓겨 다니던 검정 수탉이 암탉들에 둘러싸였는데 도망도 가지 않았다. 잘생긴 검붉은 수탉도 도망은 안 갔으나 이상하게 암탉들은 모두 그에게서 몸을 돌리니 이제는 역전된 신세가 되었다. 불쌍하기 그지없었다. 검붉은 수탉은 가끔은 왕의 자리를 회복하려고 검정 수탉에게 달려들었으나 늙은 몸이라 역부족이었다. 달려들어도 검붉은 그 수탉은 자기가 거느리던 그 암탉들 앞에서 번번이 패배할 뿐 왕권 회복의 길은 결코 일어나지 않았다. 이제는 쫓기는 신세라 내가 보아도 불쌍하여 다른 닭장으로 옮겨 놓았다가 결국은 다리를 묶어 처제에게 주었다.

수탉들의 개성

위와 같이 왕권을 차지하기 위해 적극적으로 힘을 키워 때가

올 때 왕을 몰아내고 왕좌에 오르는 수탉이 있는가 하면 서열 2위의 자리에 있으면서도 전혀 엄두도 내지 못하는 닭이 있다. 왕 수탉이 잡혀 먹거나 자연사하기만을 기다리는 수탉도 있다. 이런 닭들은 대부분 자기중심적이며 왕위에 올라도 검정 수탉처럼 리더십이 없었다.

검정 수탉의 장렬한 죽음

그 뒤 이 검정 수탉은 그전 검붉은 수탉보다도 더 리더십이 좋았다. 세월이 흘렀다. 그 뒤를 따라 병아리들이 또 큰 수탉이 되었다. 가끔은 장성한 수탉들이 자기가 거느리는 암탉에게 교미하려 하였다. 그 전 검붉은 수탉처럼 쪼아댔다. 어느 날 평상시처럼 집에 도착한 우리는 알을 꺼내려 닭장에 들어가 보니 대장 검정 수탉이 뻣뻣하게 죽어 있었다. 다른 닭들은 멀쩡한데 말이다. 수탉들은 같이 태어난 암탉들보다 대체로 수명이 짧았다. 아마 잦은 교미 때문이리라……

나는 이런 생각을 하였다. 이제 새로 등장하려는 후계자에게서 왕권을 지킬 힘이 역부족하여 자기의 암탉들에게 수모를 당하는 것보다 스스로 장렬한 죽음을 택하였으리라……. 우리는 부족한 사람을 닭대가리 같다고 하는데 전혀 그렇지 않다. 닭을 기르며 보고 배우는 게 많다.

장수의 비결

좋게 말하여 리더십 있는 수탉의 죽음을 '장렬한 죽음'이라 하였지만 대장 수탉과 같이 암탉을 여러 마리 거느렸던 수탉은 같은 시기에 태어난 암탉은 물론 다른 수탉들보다도 먼저 죽었다. 영국 세필드대학의 연구 결과, 같은 사회적, 문화적, 경제적 환경 아래서 수녀와 독신녀가 성관계를 자주 갖는 여성들보다 더욱 오래 사는 경향이 있다고 발표한 적이 있다. 일리가 있는 말이리라. 우리 집 암탉을 통하여서도 보았지만 교미를 자주 갖지 않은 암탉은 깨끗하고 단정해 보였다. 그래서 우리말에도 미인단명, 미인박명이라는 말이 있지 않은가. 미인이 오래 못 산 이유는 많은 남성들로부터 러브 콜을 받은 결과였으리라.

장수는 최소한 섹스에 대한 태도에 달려 있다고 보아도 무방하다고 하면서 과학자들은 '더 적은 섹스'도 아니고 아예 'no sex'를 권한다. 말 그대로 섹스를 전혀 하지 않는 것이 오래 사는 비결이라는 것이다.

시바-조시 박사의 연구 결과에 의하면 '짝짓기를 하는 딱정벌레는 그렇지 않은 딱정벌레보다 더 빨리 죽는다.'라고 밝혔다. 딱정벌레가 성관계를 함으로서 면역시스템의 약화를 초래하고 이 때문에 수명이 단축된다고 한다.

'현대 생물학' 저널에 발표된 연구 결과에 따르면 수백 년 전 한국의 내시들은 같은 사회계층 출신의 거세하지 않은 남성들

보다 19년이나 더 오래 살았으며, 심지어 호의호식했던 왕족들
보다도 더 장수했던 것으로 나타났다. 연구팀은 남성호르몬인
테스토스테론의 배출은 기대수명을 줄일 수 있으며 이는 여성
이 왜 남성보다 장수하는지 설명해준다고도 밝혔다. 장수에 목
적을 두면 그럴 수도 있겠지만 하나님은 우리에게 이브를 주시
지 않았던가! 절제된 사랑을 하는 부부관계는 사랑의 최절정일
뿐더러 하늘의 별, 바다의 모래같이 번성하리라 하신 말씀 따라
살아야겠다.

효자 아들

형수와 한참을 얘기하다 200만 원 가지고는 생활이 빠듯할 터인데 병원비 같은 것은 어떻게 하느냐고 물어보니, 그냥 형님이 가만히 있으면 될 텐데 자꾸 아들들에게 얘기하라고 한다면서 아이들을 귀찮게 한다고 하였다. 그렇지 않아도 아들들이 먼저 병원비가 얼마쯤 되는지 물어왔단다. 시간이 밤 12시가 가까이 되어 형수와 나는 같이 병실에 들어왔다. 할멈은 오늘밤 촌로와 함께 지낼 모양이었다. 오래간만에 나도 양치와 세수를 하고 발도 닦는 등 몸을 깨끗이 하고 자리에 누울 수 있었다.

그녀를 기다리다

잠이 들려고 할 무렵 혈압측정과 채혈을 하러 간호사가 들어왔다. 밤 근무자는 그녀가 아니었다. 혈압측정을 할 무렵 간호사에게 어제 근무하던 간호사는 안 왔느냐고 묻고 싶었다. 그러나 그 간호사에게 실례가 될 것 같아 그냥 꾹 참고 가만히 있었다.

밤이 시끄러운 4인실은 정말 싫다

낮에 엘리베이터 공간 로비에서 체조도 하고 팔굽혀 펴기, 쪼그려 앉았다 일어 섰다를 반복했다. 그리고 나서 형수와 긴 대

화도 나눴다. 몸도 자유로워지고 해서인지 곧 단잠에 들었다. 두 시간 정도 잠이 들었을까, 그 무렵에 간호사들의 목소리가 들리고 남자간호사가 의료용 기기를 밀고 들어와 덜거덕거리는 소리에 깊게 잠들었던 단잠이 깨었다. 언짢았다. 맞은편 대장암 말기 환자가 코에 꽂은 산소공급기 호스를 뽑아 위급해진 것 같았다. 얼마 동안의 처치 후, 그 환자에게 빼지 말라고 당부하고 간호사들이 물러갔다. 그제야 잠이 들었다. 그런데 한 시간쯤 지나서 또 그와 똑같은 소동이 벌어졌다. 또다시 산소공급기를 뽑지 말라고 당부하고 간호사들이 나갔다. 이젠 아예 잠이 오지 않았다. 또 있으려니 산소공급기를 뺀 것을 순회간호사가 알고 또 그러한 일이 반복되었다. 귀가 어둡다던 촌로도 하도 시끄러워 깨어서는 그 환자를 물끄러미 바라보고 있었다. 조금 있으니 또 그러한 일이 반복되어 그 환자의 양손을 침대 난간에 묶어 놓았다. 잠이 들려 하니 아침식사가 들어왔다.

밤이 시끄럽지 않은 4인실은 대화할 사람도 있고 하여 1, 2인실보다 더욱 좋은데.

2
1월 25일 수요일, 입원 여섯째 날

대장암 말기 환자의 보호자가 오다

그는 들어오자마자 그의 남편에게 집에까지 전화하여 손을 침대 난간에 묶어놓아도 좋으냐고 묻는 바람에 깼다고 따지듯 한다. 남편이 어젯밤에 시끄럽게 하여 옆 사람들 잠도 못 자게 한 일을 다 들은 모양이었다. 그 보호자는 남편에게 '좀 조용히 지내주면 얼마나 좋겠느냐고 하였다.

위엄과 권위가 있는 간호팀장

그 환자의 보호자가 온 것을 알고는, 작달만하고 야무지게 생긴 간호팀장이 흰 바지에다 이름이 붙은 웃옷을 입고 들어왔다. 아마 밤에 양손을 묶게 된 경위에 오해가 없도록 하기 위해서인 것 같았다. 네 번이나 소동이 있어서 옆 사람들도 잠 못 들게 하고 묶을 수밖에 없었다는 것을 한 번 더 설명하니 그 보호자는 '저 사람이 나를 저렇게 괴롭힌다.'고 하면서 미안하다고 하였다.

그때 양손이 묶여 있던 환자는 그 사람이 팀장이라는 것을 아는 듯이 제발 양손에 묶인 것을 풀어달라고 애원하듯 말하였다. 그의 보호자도 있어서인지 팀장이, 풀어줘도 산소호흡기를 빼지 않겠느냐고 물으니 그 환자는 그러겠다고 하였다. 간호팀장은 환자에게 다짐 받으면서 다시 또 빼면 묶겠다고 위엄 있는 말투로 경고했다. 그의 눈을 바라보며 그러지 않을 것을 믿는다는 듯 권위 있는 말투로 말하고 간호사에게 환자를 풀어주라고 지시하였다. 지켜보고 있던 나는 그 팀장에게 "한 시간도 안 되어 다시 뺄걸요?" 하니 웃으며 "내기를 할까요?" 한다. 그러자고 하고 구체적으로 얘기하진 않았다. 그 후 지켜보니 정말 그 환자는 손을 풀어주었는데도 산소 호흡기를 뽑지 않았다. 그 팀장에게 권위가 있고 위엄이 있어, 다른 간호사들도 잘 통제해 나가겠다는 생각을 하였다.

그사이 그의 보호자 아내는 언제 사라졌는지 또 바람과 함께 사라지고 없었다.

처마밑 왕벌 집

제일 거북한 소화기내과 환자

변을 보면 간호사에게 연락하여 보이도록 하였다. 앉는 변기가 아니라 누워있는 환자에게 받쳐주는 변기에 어제 아침에는 호떡만 한 짜장 컬러의 변을 본 후 간호사에게 연락하여 보였다. 오후에도 동그랑땡 크기보다 좀 큰 짜장색 변을 보았다. 간호사가 보고 갔다. 식사를 시작하니 장에 남아있는 것이 밀려 내려오는 것 같았다.

소화기 환자의 대변 점검하랴 소변 점검하랴 애쓰는 간호사들을 보면서 환자 가운데서도 가장 추잡한 환자가 소화기 환자같이 느껴졌다. 조금 지나니 의사의 회진이 있었다. 나는 내 존재도 알릴 겸 그에게 명함을 건넸다. 위내시경 검사를 다시 한 번 받고 오후에 퇴원수속을 밟아도 괜찮다고 하였다.

세 번째로 위내시경을 하다

아침도 못 먹고 한 주도 안 되어 세 번째 위 내시경 검사를 하러 남자조무사가 이끄는 휠체어에 앉아 내시경실로 내려갔다. 대부분의 사람들이 두툼한 겨울 검정 옷을 입고 검사를 기다리고 있었는데 아침을 안 먹어서인지 냄새가 나는 것 같았고 토할 것 같았다. 나는 '건강한 사람도 아닌 환자를 이렇게 기다리게 하느냐.'고 얘기하니 다른 내시경실로 들여보내 가보니 담당의사가 보였다. 내시경 받을 준비를 하고 난 뒤 마우스피스를 문 채 내시경 검사를 받았다.

한참을 하니 의사가 참 잘 견딘다고 하였다. 끝난 뒤 컴퓨터로 촬영한 것을 같이 관찰했다. 위 십이지장 출혈성 궤양이라고 하면서 뿌연 회색처럼 좀 큰 상처 부위와 그 옆에 작은 상처 부위를 보여줬다. 그곳에서 출혈이 일어나 이 지경에 이르게 된 것이었구나 하는 생각이 들었고, 아산병원에서 위에서 출혈이 있어 지혈했다는 말에 의심이 생겼다.

휴가 간 그녀를 그리다

조금 있으니 X레이 검사도 해야 한다고 했다. 남자조무사가 와서 나를 휠체어에 태우고 방사선과로 내려갔다. 한 주간에 위내시경처럼 세 번째 받는 검사였다. 촬영 순서를 기다리는 동안 나는 혹시나 아는 사람이라도 만날까 하는 염려도 있었으나 아무 일도 없이 X레이 촬영 후 내 방으로 올라왔다. 올라오니 친구 같은 간호사가 의료기기대를 밀고 들어왔다. 나는 허물없을 것 같은 그에게 느닷없이 월요일 밤에 근무했던 간호사는 왜 안 오느냐고 물었다. 그녀는 휴가를 받았다고 한다. 고마웠다는 말 한마디 못하고, 이름도 모른 채로 그녀와는 만날 길이 없이 되었는가.

간호사의 근무 순환 제도

자리에 누웠다. 간호사의 근무를 생각해 보았다. 하루 여덟 시간씩 오전 7시부터 오후 3시까지 근무하는 오전 근무자, 오후 3시부터 밤 11시까지 근무하는 오후 근무자, 밤 11시부터 다음 날 오전 7시까지 근무하는 야간 근무자, 이렇게 서로 형편과 처지에 따라 협의를 통하여 순환 근무하는 것 같았다.

퇴원을 하루 연장하다

혹시나 오늘 밤이라도 그녀가 야간 근무자가 되어 오지 않을까 싶고, 대변 색깔도 시원찮고 하여 친구 같은 간호사에게 하

한 외국 성당 앞에서

루 더 입원해 있겠다고 하였다. 퇴원하라는데도 더 있겠다는 환
지에게 표창이라도 안 주는가 하는 농도 하면서.

의심하는 듯한 눈초리들

아내가 왔다. 나는 아내에게 오늘 퇴원하라고 하였으나 변 색
깔도 시원찮고 집에 가서 또 그러면 재입원할 수도 있고 하여 하
루 연장 신청을 하였다고 하니 아내는 잘했다고 하였다. 퇴원을
준비하며 아내는 그동안 많이 사놓은 겉기저귀와 속기저귀들을

큰 검정 비닐봉지에 담았는데 원체 많아서 다 못 담아 조금은 남겨두어야 할 형편이었다. 아내는 나와 얘기를 하다 그 큰 검정 비닐봉지를 들고 집으로 갔다.

나는 그녀를 만나지 못할 것을 생각하니 미안하고도 애달픈 생각이 들어 그냥 멍하니 자리에 누워있었다. 그때 누군가가 커튼을 살짝 잡고 얼굴만 내민 채 나를 힐끔 쳐다보고 나가는 게 보였다. 왜 저럴까 하는 생각이 들었다. 채 20분도 안되어 다른 간호사가 전과 같이 커튼을 잡고 얼굴만 살짝 내밀고 나갔다. 한 시간 가량이 지났을까 똑같은 행위가 두 번이나 있었다. 생각해보니 '그 큰 검정 비닐봉지에 나의 옷과 소지품 일체를 담아 아래층 화장실에서 아내와 만나기로 하고, 환자복은 화장실에 벗어 놓고 병원비를 내지 않으려고 평상복을 갈아입고 도망치지나 않았나.' 하는 염려로 그런 것 같았다. 내가 그 정도 인격의 사람으로 보이나 하는 서글픔이 밀려오면서도 한편으로는 그런 일도 일어나겠구나 싶었다. 그것도 그럴 것이 오늘 퇴원하래도 하지 않는데다가 아내가 그 큰 시커먼 비닐봉지를 들고 내려가는 것이 보였으니 말이다.

그녀의 이름을 알고 싶다
아침을 굶은지라 점심을 맛있게 먹고 병실 밖으로 나갔다. 간호사실 앞에 가니 플라스틱 명찰들이 크기에 맞게 빽빽이 꽂힌 플라스틱 상자가 있었다. 그 명찰 앞에는 간호사 사진, 옆에 간호사 이름이 적혀있었다. 너무도 빽빽한지라 빼어볼 수도 없었다. 그녀의 이름을 알고 싶어 그것을 어떻게 하면 빼어볼 수 있을까 하는 생각으로 그 위쪽을 만지작거리니 앞에 있던 간호사가 "무슨 할 말 있어요?" 하고 묻는다. 그래서 난 "아, 아니" 하고 물러섰다.

운동을 하다

나는 병동 라운지에 앉아 TV를 보다 병동을 세 바퀴쯤 뱅뱅 돌았다. 엘리베이터 로비에서 국민체조도 했다. 그러고 나서 지붕에 잔설이 남아있는 병원 근처의 건물과 내가 지나 다니던 도로 구조를 살피며 한겨울 차가운 모습으로 서쪽으로 넘어가는 붉은 저녁노을을 바라보며, 그녀를 그리며, 서글픈 마음을 품은 채 병실로 들어왔다.

위암 말기 환자와의 대화

들어오니 내 쪽으로 커튼이 반쯤 닫혀있는 사이로 그 환우가 멍하니 침대를 반쯤 올리고 등을 기댄 채 창밖을 보고 있었다. 나는 그에게 다가가 '인형'(동년배의 사람을 높여 부르는 말) 하고 말을

건넸다. '인형'은 법관 계통에 종사하면 잘 어울릴 것 같네요 하
니, 그도 다른 사람에게서 그런 말을 종종 듣는다고 하였다. 그
는 비록 위암 말기 환자이나 정신은 초롱초롱하게 인생을 달관
한 듯한 모습이었다. 나는 그러한 그가 너무나도 측은하다는 생
각이 들었다. 그는 소변 막힘 증세로 이 병원에 다시 입원하였
단다. 그도 여기 오기 전에 요양병원에 있었던 모양이다. 그곳
에서 조선족 여자조무사들이 환자를 심하게 다루는 것을 보고
'너희들이 이 환자들 덕택에 일거리가 있어 여기 종사하며 월급
을 받고 있지 않느냐, 환자를 그렇게 취급하면 어떻게 하느냐'
하고 '너희들의 행동을 스마트 폰에 담아 한번만 더 그러면 보건
복지부에 연락하여 이 요양원을 폐쇄하도록 하겠다'고 하였더니
그 뒤부터는 행동의 변화가 있었다고 하였다.

핀란드 성당 앞

그러고도 남을 정의의 사도같이 보였다. 그러면서 대장암 말기 환자를 가리키며 전에 자기와 같은 병실에 있어서 그를 잘 안다고 하였다. 그에 대해 말하길 요양원 가기 전만 해도 정신이 맑았는데 한 달 좀 지난 후 요양원 갔다 오더니만 치매 증상이 생겼다고 하였다. 요양원의 실태가 보이는 듯하였다. 나는 위암 말기 선고를 받고도 죽음을 초월한 듯 의지가 굳은 그를 보고 '인생은 누구나 결국은 조금 늦고 빠를 뿐 다 돌아가는 것이 아니겠느냐'고 하면서 '늙고 나이 들면 인생의 일상이 자고, 먹고, 싸고, 쉬는 것의 반복일 뿐 무슨 큰 의미가 있겠느냐' 하며 그를 위로하듯 말을 하였다.

나는 그에게 그의 과거를 들을 수 있었다. 그는 본 태생이 전라북도 군산이며 아버지가 돌아가시기 전까지만 해도 재산이 넉넉하였다고 하였다. 그런데 60년대 말 어머니가 아마 위암인지가 발생하여 서울에 있는 병원을 오가며 의료보험도 없는 그 당시 모든 재산을 탕진하다시피 하였단다. 그러다 어머님은 돌아가시고 생계가 막막하여 먹고 살기 위해 지금의 고양시 벽제 관산동에다 가게를 세 얻어 장사를 하려 했다. 그러나 자금이 없어 군산에 있는 그를 잘 아는 친구들에게 어려운 사정을 얘기하며 곧 갚겠다고 말하고 여러 친구들로부터 십시일반으로 돈을 빌려 돼지 국밥과 그와 관련 된 음식, 술까지 곁들여 장사를 하였단다. 그 당시 가게 앞에는 우시장(소를 팔고 사는 시장)이 열려 장사가 매우 잘 되었다고 하였다. 그 당시에는 돼지를 집에 기르면 누구나 도축하여 팔 수 있었는데 이들은 돼지고기를 넉넉하게 주었다고 하였다. 그래서 1년 만에 친구들에게 빌린 자금을 모두 갚고 지금 사는 집도 그 장사가 성공해 샀단다. 그러다 한 10년 지나 80년 초쯤 아무나 소, 돼지를 도축할 수 없도록 법이 바뀌었다. 전에 돼지고기를 사려면 개인이 도축하여서 팔 때에는 넉넉히 주었는데 법이 바뀌자 돼지고기도 정량에 주어져 가격 등 타산이 맞지 않아 그것으로 장사를 할 수 없었단다. 그래서 가게를 넘기고 구청 청소차 환경 미화원, 운전기사 등으로 취직하여 2000년도까지 하였단다. 그 뒤로는 친구들과 동네사람들과 어울리며 지내고 있다고 하였다.

나는 "인형은 노후를 아주 편안하게 잘 보내고 계시군요." 하였다. 그는 지금 미화원 하던 시절에 책정된 공무원 연금이 나오는데 50만 원 가량 된다고 한다. 손자 손녀들이 오면 중학생에게는 10만 원, 초등학생에게는 5만 원 주는데 좋아한다고 하였다. 나는 그의 이야기를 듣다가 너무 피곤할 것 같아 "이제 좀 쉬세요." 하며 커튼을 가려주고 나도 자리에 누워 쉬었다.

촌로의 효자 큰아들과 며느리를 만나다

저녁이 되었다. 이제는 일반 환자와 같이 식사가 제공되었다.

오슬로 비겔란 조각공원

저녁을 먹고 운동 삼아 병실을 나서려니 병실 맞은편에서 촌로의 큰아들로 보이는 내외가 오는 것이 보였다. 할멈이 내일이 퇴원하는 날이라 병원비도 줄 겸 큰아들 내외의 방문이 있을 거라는 말을 들은 터라 그들이 틀림없었다. 더구나 우리 병실로 향해 오고 있었으니 말이다. 그래서 나는 다짜고짜 "아이구, 우리 효자 아들 내외가 오시는군요." 하며 칭찬하니 그들은 웬 사람인가 싶어 멀뚱하였다. 하영〇 씨의 자제가 아니냐고 물으며 같은 병실에 있는 환우라는 사실을 알리니 인사를 하였다. 그들이 부모님께 가는 것을 보고 나는 걷기 운동을 하려고 병실도 돌고 TV도 보고 하였다.

명찰이 담긴 플라스틱 박스

느지막이 돌아오는데 간호사실에는 간호사가 환자 진료를 갔는지 아무도 보이지 않았다. 또 그 간호사 이름이 적혀있고 사진이 있는 그 플라스틱 통을 확 엎고 볼까 하다 그럴 용기는 없었다. 병실로 들어왔다.

대장암 말기 환자의 보호자가 그와 눕다

조금 있으려니 대장암 말기 환자의 보호자 아내가 들어왔다. 그리고는 그 환자 옆에 간이침대를 펴고 눕더니 스마트 폰을 들

여다보고 있었다. 아마 어젯밤 너무 시끄럽게 하여 보호자를 옆
에 있도록 간호사 팀장이 얘기한 것 같았다.

내 추억의 여인들

이제는 잠이 오지 않아 가만히 누워있자니 만나지도 못할 그
녀가 영원히 내 추억 속의 여인으로 남을 것 같다는 생각이 들었
다. 76 평생 동안 내 추억의 그녀는 둘이 있었다.

라스베이거스 야경

1950년대 당시 교회는 학생부 지도 목사도 교육 전도사도 없었고 인원이 적었다. 우리는 중고등부 학생회라는 이름으로 매주 토요일 저녁 식사가 끝나고 모여서 학생회장 주도 아래 기도하고, 찬송하고, 성경 보며 예배를 드렸다. 그런 후 우리는 모여 얘기도 나누고, 누가 맛있는 것을 가져오면 나누어 먹기도 하고, 다음 할 일을 논의하였다. 그런 다음 갈 학생은 가고 몇 명은 남아서 철야기도도 가끔 찬 나무 바닥에 앉아 뜨겁게 큰 소리로 기도하곤 하였다.

나는 그 당시 고 2 때부터 주일학교, 지금의 아동 2부 교사로 (중고등부는 교회학교도 없이 토요일 모임으로 대치되었음), 대예배 찬양대 대원으로 대학을 졸업하고 군 입대 전까지 봉사하였다. 그러다 서울로 학교 발령을 받고 그 교회를 떠나게 되었다. 지금의 고신교단으로 현재 부산에 있는 성동교회의 전신 교회이다.

첫 번째 추억의 여인, 그 소녀를 만나다

내가 중고등부 학생회장을 할 무렵 다음날이면 어버이주일이라 카네이션 꽃을 우리가 색종이로 만들어야 했다. 우리는 모여 앉아 얘기도 나누며, 손재주도 없고, 귀찮기도 하여 적당히 만들었다. 그때 중고등부 부회장이었던 본 교회 여고생을 따라 그 친구도 같이 왔다. 우리가 만드는 것이 시원찮아 보였던지 그 여학생은 이렇게 만들면 어떠하냐며 우리에게 시범을 보여주었

이구아수폭포 앞에서

다. 카네이션 하나도 참 정성스럽게 만들려는 그녀의 마음이 고
와 보였다.

그 소녀를 바래다주다

그 소녀는 그 후 중고등부 학생회와 우리 교회 부흥회가 있을
때도 잘 참석하였다. 그럴 때마다 나는 학생회장으로서 높은 언
덕의 계단을 지나 차도도 넘는 등 차가 드물던 시절 힘들게 집으
로 돌아가는 그녀를 차도 너머까지 데려다주곤 하였다. 토요일

미국 디즈니랜드에서

학생회 예배를 드리고 그를 바래다주는데 그 소녀는 그날 하얀 블라우스에다 연둣빛 앞치마 모양의 어깨끈이 달린 치마를 입고 신발은 하얀 운동화를 신고 있었다. 소녀의 얼굴은 뽀얗고 너무나 아름다웠다. 내가 좋아 감상했던 영화 속 '왕과 나'에서 왕의 자녀들 가정교사로 등장하는 '데보라 카' 같았다.

사랑을 고백하다

5월의 훈훈한 토요일 저녁이었다. 학생회 예배를 마친 후 그

날도 그 소녀를 바래다주면서 오늘은 사랑을 고백하리라는 마음으로 길을 걷다 큰길에서는 사람들이 볼 것 같아 골목 깊숙이 그녀를 데리고 들어갔다. 그녀를 벽 쪽에 세우고 보니 보름달이 우리를 환하게 비추고 있었다. 나는 그녀에게 사랑 고백을 하였다. 백제 무왕이 신라 선화공주를 연모하여 신라에 몰래 숨어들어 신라 선화공주는 백제 무왕과 사랑한다는 동요를 퍼뜨렸다, 그리고 아이들 입에서 그 노래 즉 '서동요'가 퍼지게 하여 백제 무왕은 신라 선화공주와 결혼을 하게 되었다고 말하며 백제 무왕이 선화공주를 연모하듯 나는 그대를 사랑한다고 하였다. 그 말을 들은 그녀는 눈물을 훔치며 골목 어귀로 뛰어나가 거기에서 울고 서있었다. 밝게 비친 보름달은 우리의 사랑을 지켜보는 듯하였다.

그 후 우리는 교회를 중심으로 사랑을 하였다. 그 사실을 안 교회 친구들은 '도끼머리'를 좋아한다고 놀리기도 하였다. 그녀의 이마가 좀 약간 앞으로 튀어 나온 것을 보고 놀리느라고 그런 별명을 붙였다. 나는 범일동에 거주하였는데 그 후 갑자기 그녀는 먼 연제동으로 이사를 가게 되었다. 교통도 불편하고 전화도 없던 시절이라 점점 만날 수 없게 되었다.

그 후 다시 만나다

고등학교 졸업 후 나는 교육 대학에 진학했고 나중에 안 사실이지만 그녀는 부산 대학에 진학하였다. 소식도 궁금하고 그리워하던 중 우연한 기회에 추운 겨울날 길에서 그녀를 만났다. 우리는 '동래행' 버스를 타고 금정산으로 데이트를 떠났다. 스카프를 둘러쓴 그녀의 모습에서 성숙미가 느껴지며 더욱 아름다워 보였다. 산 중턱에 앉아 그를 살포시 안았다. 키스를 할 용기는 없었다.

우리는 각자 장래에 대한 이야기를 나누며 어둑해질 무렵 동래에서 부산으로 돌아왔다. 중간에 그녀는 내리고 나는 집으로 왔다. 나는 대학을 졸업 후 군대 생활을 끝내고 서울로 발령을 받아 그녀와는 자연스레 헤어지게 되었다.

오랜 세월 지나 들은 그녀의 소식

그녀의 친구 중고등부 부회장이었던 그 여학생이 중늙은이가 되어 서울로 올라와 어떻게 소식을 알았는지 나를 찾아왔었다. 그녀와는 여고 동기동창인지라 가끔 그녀의 소식은 동창회를 통하여 들을 수 있었던 모양이다. 부회장 여자 친구는 내가 그녀와 사랑할 무렵 질투도 한 여성이다. 그는 '한혜자'(내가 그렇게 사랑했던 그녀의 이름)는 결혼 생활을 하던 중 마흔이 좀 넘었을까 하는 무렵에 병으로 남편을 잃었단다. 그 후 보험판매원을 하는 등

어렵게 생활하는 중에도 자식을 잘 길러 지금은 그 아들이 의사가 되어 어려움 없이 잘 지낸다는 소식을 알려주었다. 눈시울이 뜨거워지며 눈물이 나려고 하였고 아련한 그녀의 모습이 더 한층 그리워졌다. 잘 지낸다니 마음이 가벼워졌다.

그녀와 닮은 내 아내

내가 교직생활한 두 번째 학교에서 같이 근무했던 여자교감 선생님이 (그 교감선생님은 나를 무척 좋아하였고 세 번이나 여선생님을 소개해 주셨다. 그 후 서울 청운 초등학교 교장으로 발령받았다.) 아내가 근무하는 학교로 새 학기 시작인 3월에 전근 가서서 제일 참한 여선생님을 소개해주신다고 하면서 만추의 11월이 끝나갈 무렵 나를 불러 내었다. 종로 음식점 '한일관' 옆 다방에서 여선생님을 소개받았다. 아내는 성경책을 들고 나왔고 좀 검은 살결 빼고는 그녀와 너무나 흡사하였다. 다방에서 나와 저녁을 '한일관'에서 한 후 교감 선생님은 돌아가시고 둘이서 다시 건너편 다방으로 옮겨 내가 교회 봉사한 이야기며 그 당시 대학생, 교사들을 중심으로 선교 활동을 이끈 '김준곤' 목사님과 함께한 아내의 CCC 선교 활동 등을 얘기했다. 다시 만날 약속을 정한 후 아내가 버스를 타고 가는 길을 배웅하는데 버스에 오르는 아내의 모습도 대학 시절에 다시 만난 그녀의 모습, 가녀린 몸매에 남색 바바리코트에다 스카프를 둘러 쓴 모습도 그녀와 너무나 닮아 있었다. 나

미국 폴리네시안 민속촌에서

는 그녀는 지금쯤 어디에서 무엇을 할까 생각하며 집으로 돌아
왔다.

두 번째 추억 속의 여인

　내 인생 두 번째 여인은 자그마한 키에, 얼굴은 미인형이거나
한 여인은 아니다. 그녀는 계란형 뽀얀 얼굴에 늘 흰 블라우스를
받쳐 입고 약간 드러난 하얀 목덜미에 은빛의 가는 목걸이를 하
곤 했다. 아담하면서도 아주 깔끔하여 어느 한 구석 흠 잡을 데

쿠바 의사당 앞에서

없는 여인이었다. 학부형이었던 그녀는 나를 무척 좋아하였다. 더운 여름날 체육 수업이 끝나면 학교 앞 문방구로 잠깐 불러내어 땀이 난 나의 얼굴을 그녀의 손수건으로 훔치기도 하며, 시원한 음료수 한 통을 컵에 담아주던 고마운 여인이다. 1년이 지나 학부형 관계가 끝났어도 그 여인은 토요일 방과 후 중국요리집에 둘만 앉는 룸을 청하여 중국요리도 대접하곤 하였는데 그때마다 나는 방문을 조금씩 열어두었다. 그녀는 학부형 관계도 아닌데도 스승의 날 학교 행사가 있을시 자기 담임보다 나를 먼저 찾아왔으며 간단한 내의며 지갑 등을 선물하였다. 만나면 그녀의 자녀 학교생활 얘기며 그녀의 됨됨이를 칭찬하고 좋아했을 뿐, 손도 한번 잡지도 못했다. 강 건너 학교에 근무하는 동안 만났던 깔끔하고 자그마한 여인, 나를 그렇게 좋아했던 그 여인을 잊을 수 없는 제2의 여인으로 추억하고 있다.

모처럼 조용한 병실

밤이 깊었는데도 맞은편 대장암 말기 환자는 한 번의 소란도 없이 조용하지 않은가. 그의 아내는 옆에서가 아니라 침대 아래에다 간이침대 낮은 것을 두어 얼굴도 보이지 않는데도 말이다. 아내가 무엇인가. 왜 그렇게도 능력이 있는가. 아내라는 존재의 그 능력과 그 힘이 나에게 전율로 다가왔고 나는 감동을 느꼈다. 단지 옆에 있는 것만으로도 그렇게 온 밤을 조용히 보내고 있지 않은가! 이게 어쩐 일인가! 그리고 보면 아내는 남편의 보호자요 마음의 어머니인 것 같다. 어젯밤 그렇게 소란을 피우던 사람이 내가 잠이 오지 않을 때는 또 왜 그렇게 조용한지…….

제3의 여인으로 추억 속에 남을 그녀

이 생각 저 생각하다 겨우 자정이 지나 잠이 들었다. 간호사가 잠결에 혈압을 측정하려고 하는 것 같았다. 나는 목이 쉰 듯한 목소리로 체면이고 무엇이고 잠꼬대하듯 "간호사님! 간호사님 앞에 밤 근무하던 간호사는 언제 와요?" 물으니 그 간호사는 분명히, "오늘 오전 근무자로 와요." "오전 근무자로요?" "네."

아! 고맙다는 말도 하고 이름도 물어보고 스마트 폰에다 내 고마움, 그녀의 고운 마음을 구구절절 적어 보내리라. 떨리는 마음으로 그녀를 그리며 억지로 잠을 청하였다. 맞은편 대장암 말기 환자는 그의 보호자 아내가 아침에 빠져나갈 때까지 죽은 듯 고요하였다.

3

1월 26일 목요일, 일곱째 날 이별과 퇴원의 날

그녀에게 이름을 묻다

밤이 가고 아침이 되었다. 아침 7시쯤 기대감 속에서 그녀를 기다렸다. 위암, 대장암 말기 환자가 있어 우리 병실은 의료기기가 밀려오고 나가고 좀 부산한 가운데 그녀가 나타났다. 나는 그녀에게 반가운 마음에 나의 손바닥을 아래로 그녀의 손바닥을 위로 하는 반대 방향의 하이파이브를 하려고 손바닥을 내미니 그녀가 해주었다. 그녀의 손닿음이 못 만날까 하는 두려움을 벗어나 행복하였다. 그러면서 나는 얼른 이름을 말로 들으면 정확치 못할 것 같아 쪽지에 적어달라고 하니 다시 환자 볼 일이 있을 때 그녀가 쪽지에 적어 왔다. 그녀의 이름은, 그녀의 이름은……. '여순○'이었다. 쪽지를 전해준 그녀는 바빴다. 나는 그녀의 이름 적힌 쪽지를 보고 웃음이 흘렀다. 그녀의 할아버지가 부드러운 여성으로 행복하게 살라고 지어주셨구나 하는 생각이 들었다. 나는 쪽지를 잃어 버릴까봐 나의 안쪽 호주머니에 꾹꾹 눌러 가며 깊이 넣었다.

그녀가 안쓰럽게 느껴지다

맞은편 대장암 말기 환자가 지나가는 그녀를 불렀다. 자기의 불편을 얘기하는 것 같았다. 그 환자는 치매 끼가 있는데다 횡설수설하는 사람이라 "네." 하고 돌아서면 될 것을 그녀는 기저귀 찬 곳에서 나오는 냄새며 치아를 반년도 넘게 닦지 않았을 것 같은 입에서 나는 냄새, 또 위와 목구멍으로부터 쏟아내는 냄새를 다 뒤집어쓰며 환자의 말을 들으며 계속 설득하고 서있는 모습이 안쓰러웠다.

그뿐만 아니었다. 환자들이 그의 친절을 만만히 보았는지, 나가려는 그녀를 내 옆 자리에 있는 말기 위암 환자가 불렀다. 가려진 커튼 너머에서 그는 법조인처럼 이 호스가 이리 연결되어 있고 저 호스는 저렇게 연결되어 있으니 이 호스 하나를 저렇게 연결해달라고 하는 것 같았다. 그녀는 그렇게 연결하면 안 된다고 설명하고 그가 수긍할 때까지 계속 짜증조차 내지 않고 듣고 있었다.

인도에서

그녀에게 전화번호를 묻다

그녀는 조금도 쉴 틈이 없었다. 멀쩡해진 내가 그녀에게 말을 붙일 틈은 더욱 없었다. 진료를 막 시작하는 아침이라 더 그랬던지.

그녀가 대각선상의 촌로에게 오늘 퇴원 시 수속에 필요한 것을 말하고 나가려고 할 무렵 나는 나의 스마트폰에다 그녀에게 너무 고마웠다는 다하지 못한 말을 하려고 '010'이라 먼저 찍고 나머지 번호를 입력해달라고 들어보였다. 그랬더니 그녀가 안 된다고 한다. 그 순간 나는 내가 스토커 같다는 생각이 들었다.

어떻게 보면 80에 가까운 노인네가 시집도 안 간 20대 처녀에게 자기의 분수도 모른 채 추잡하게 구는 것 같았다. 그도 그럴 것이 그렇게 친절한 그녀에게 환자로 왔다 만나자고 할 사람이 한 둘이겠는가. 간호사 내규로 전화번호를 알려서는 안 된다는 규정이 있을 거라는 생각도 들었다.

그녀를 향한 내 마음

나는 그녀에게 고마웠다. 내가 가장 극심한 고통 중에 있을 때 자기를 희생한 그녀의 마음, 내가 똥오줌도 못 가리는 인격의 낭떠러지에 떨어져있을 때 나의 인격을 제대로 인정해준 그녀, 부끄러워하는 나의 손을 과감히 떨쳐버린 참 의료인다운 그녀였다. 내가 76 평생에 첫 입원한 병원에서 중환자라는 이름 아래 짧은 시간 속에서 이루어진 만남이지만, 그녀를 나는 내 추억 속에 제3의 여인으로 기억하리라.

아내가 퇴원 수속을 하러 왔다. 촌로와 내 앞에 점심이 들어왔다. 그렇게 맛있던 음식들이 싱겁고, 맛있다는 생각이 없었다. 퇴원 수속을 하라는 메시지가 왔다. 이것도 이 병원의 좋은 점이다. 무조건 원무실에서 퇴원차례를 기다리지 않고 번호표를 뽑으면 그 환자의 차례가 되었을 때 스마트 폰으로 차례가 되었다는 메시지가 왔다. 아내는 퇴원 수속을 하러 내려갔다.

그녀가 병실에 왔다. '나는 고마운 간호사님을 만나고자 어제 퇴원하라는데도 하지 않고 하루 입원을 연장하였는데 다시 만나게 되어 고맙다.'는 말을 하였다. 그녀의 눈시울에도 순간적으로 찡한 눈물이 어리는 듯하였다. 그 찰나 고등학교 시절 아름다운 그 소녀에게 사랑 고백을 할 때 그 소녀가 울며 골목 어귀로 뛰쳐나가던 모습이 오버랩 되었다. '70대 노인과 10대 소녀의 사랑'. 사랑은 나이도 국경도 목숨도 초월할 수 있겠다는 생각이 언뜻 스쳤다.

건강해진 나의 모습

어제도 변을 하루 종일 보지 못했고 아침도 변을 보지 못했다. 점심을 먹고 퇴원을 기다리려니 변이 나왔다. 짜장 컬러의 변에서 약간 덜 익은 듯한, 노란 변이 알맞게 여물어 나왔다. 그냥 물을 내려버릴까 하다 병실이 퇴원 수속으로 좀 한가해지는 느낌이 들었고, 촌로에게 퇴원에 관한 서류 봉투를 넘기고 나가려는 그녀, 참 의료인을 본 김에 나는 나의 변을 창피하지만 보여드려야겠다 싶었다. 그래서 그녀를 불러서 변기에 있는 나의 변을 보도록 하였다. 그녀는 "건강해지셨네요." 하며 미소 띤 채 변기의 물을 내리고 나갔다.

영월 한반도 지형 앞에서 장로 부부 내외와 같이

아산병원의 하루 병원비와 같은 일산병원의 6일 입원비

그동안 퇴원 수속을 하러 갔던 아내가 수속을 하고 올라 왔다. 나는 적어도 100만 원은 넘겠지 생각했는데 홍천 아산병원 하루 입원비와 구급차 비용을 합한 것과 만원 차이도 안 되게 50만 원 정도 나왔다. 국민 건강 보험공단에서 운영하는 병원이라 이렇게 병원비가 저렴한가 하는 생각이 들었다. 다음 2월 7일에 내원하여 검진할 동안 약도 지어주면서 말이다.

그녀에게 결혼 청첩을 부탁하다

그녀가 나의 주민증이 퇴원 서류에 필요하다며 달랬다. 주민

증은 너무 오래되어 홍천 동면사무소에 새것을 발급 받으려고 맡겨둔 터라 운전면허증과 홍천군 동면의 새 주소가 적힌 나의 명함을 건네주며 '결혼하면 결혼 청첩장을 보내 달라'고 부탁했다. '결혼 청첩이 없으면 아직도 간호사님이 결혼을 안 하셨구나 하며 간호사님을 추억하고 살 것이며 결혼 청첩을 하고도 내가 참석을 못 하면 청첩을 기다리고 기다리다 늙은이가 돌아갔구나.' 생각하라고 했다. 병실 앞 로비에서 아내가 보는 앞에서 그렇게 말하면서 그녀의 어깨를 토닥거리며 그녀의 고마움에 감사해 했다.

조금 기다리니 다른 간호사가 "배정수 씨." 하며 내게 필요한 관계 서류와 운전면허증을 건네주었다. 나는 서류를 받고 옆에 있는 위암 말기 환우에게 정중히 허리를 굽혀 "건강하시길 기원합니다." 하고 인사를 드리고 밖으로 나왔다. 그녀에게 마지막 인사를 고하려고 하니 보이지 않았다. 그녀도 아마 내가 가는 뒷모습을 보고 싶지 아니하였으리라.

그녀가 간호하는 병실에 가끔은 입원하고 싶다

나는 병실을 나와 엘리베이터로 내려오면서 그녀가 간호하는 병실에서 가끔은 입원하여 간호를 받고 싶다는 생각을 하였다. 지난 7일은 정말 꿈같은 시간 같았다. 마음의 서글픔, 인생의 한 고비를 또 한 번 넘기는구나 하는 상념에 잠겨있는데 택시를 잡은 아내의 부름에 택시를 탔다. 집에 돌아와 병실에 있는 동안 못한 샤워를 한 후 나는 그녀에 대한 고마움을 병상 일기로 쓰기로 했다. 내 생애 처음으로 책으로 발간하여 내리라는 굳은 결심을 하며 이 세상에서 가장 편한 나의 침상에 들어가 고단했던 7일간의 피로를 씻어내려는 듯 깊은 잠에 빠져들었다.